泥火
磁州窑

NIHUO
CIZHOUYAO

朱新望
高枫

著

河北出版传媒集团
河北人民出版社
石家庄

图书在版编目（CIP）数据

泥火磁州窑 / 朱新望，高枫著. -- 石家庄 : 河北人民出版社, 2025. 1. -- ISBN 978-7-202-17157-8

Ⅰ. I25

中国国家版本馆CIP数据核字第2024KM3465号

书　　名	泥火磁州窑
著　　者	朱新望　高　枫
策划编辑	荆彦周
责任编辑	郭　忠　吕东辉
美术编辑	于艳红
责任校对	付敬华
出版发行	河北出版传媒集团　河北人民出版社
	（石家庄市友谊北大街330号）
印　　刷	石家庄名伦印刷有限公司
开　　本	787毫米×1092毫米　1/16
印　　张	14
字　　数	151 000
版　　次	2025年1月第1版　2025年1月第1次印刷
书　　号	ISBN 978-7-202-17157-8
定　　价	78.00元

版权所有　翻印必究

如有印装质量问题，请拨打电话0311-88641240联系调换。

自序

在世界上，英国人称呼中国为 China。

china，在英国人的语言中本意是"瓷器"。

这就是说，英国人把中国称为"瓷器"。

不过，这么叫倒是没有恶意。

因为，英国人在看到贝壳一样轻薄坚实、玉一样光洁润泽的中国瓷器时，正捧着砖瓦一样笨重粗糙的陶碗、陶钵吃饭喝水，忽然间如此美妙的中国瓷器出现在面前，他们那种惊讶、喜爱和羡慕的表情是可以想见的。于是，正像我们称呼一位泥人捏得好的张姓艺术工作者为"泥人张"，或者一位烧饼烤得好的李姓食品加工工作者为"烧饼李"一样，他们叫我们中国为 China。

当然，如果这事发生在今天，他们可能就不这样叫了，今天的丹麦、德国还有他们英国，瓷器也都烧制得很漂亮。但他们就是不叫了，他们也得承认，中国瓷器是世界瓷器的鼻祖——老祖宗！

这是有文字记载的，有古代遗址考古资料证实的。

中国瓷器烧造足足领先了全世界1000多年！

那么，作为一个中国人，你知道咱们祖国这么令人自豪的瓷器烧造是怎么开始、怎么发展的吗？

这得从烧制陶器说起。陶器，就是砂锅、红砖青瓦以及种花的瓦质花盆一类的东西。烧制这类东西是烧制瓷器的基础，不会烧造陶器的民族肯定也烧不出瓷器来。

那么，磁州窑就是绕不开的话题。

磁州窑是目前我国发现的最古老、规模最大的烧制窑场之一。这片窑场位于磁州——现在磁县境内。磁县即古磁州，是河北邯郸下辖的一个县，因境内有一座能吸铁的山——磁山而得名。磁山是很古老的一座山，使用石器和木棒的原始人都知道，这座山出产的石头有磁性，传说黄帝就是用这座山的石头造出了辨别东西南北的指南车。

磁山考古证明，新石器时代早期，生活在磁山一带的先民已经开始了农业耕作、畜牧养殖，同时也开始了一定规模的陶器烧制。先民们建筑了陶窑，点燃起了熊熊的窑火。

磁山遗址时期先民的生产力和文明程度，在当时的中国和世界都是首屈一指的。

磁山这片明亮的窑火一烧就是8000多年，一直烧到了今天。

8000多年来，这片窑场的明亮中心也有转移。先是转到磁山另一面的午汲，又转到峰峰矿区西部、南部的贾壁、青碗窑和观台一带，最后落脚至滏阳河畔的临水、彭城，无论这个中心怎样转，它和它的窑场都没有转出磁州，都在磁州西部的范围内，而其烧造技术和形式也都一脉相承。

8000多年来，磁州窑场的火焰摇曳生辉，有高涨升腾，也有降落低伏，但无论面临怎样的自然灾害和社会动荡，都在顽强地延续燃烧，这样的生命力在中国和世界都是罕见的。历史的长河中诞生过许许多多的窑场，其中有一些还名噪一时，烧制的产品被达官贵人赞不绝口，但它们几乎都短命，存在几百甚至几十年便火熄窑塌、呜呼哀哉。

8000多年来，磁州窑一直是老百姓自己的窑，生产的坛坛罐罐满足了周边老百姓的日常需求，生产规模不断扩大，逐渐发展成为中国北方最大的窑场，把买卖做到了京津鲁豫和湖北、安徽。宋元以降，又把产品卖到了辽东、江浙和闽越以及东亚、东南亚、西亚和非洲。草根操盘，产品亲民，无论价格还是形制，都深受黎民苍生的欢迎。

随着产品的广泛传播和烧造工匠们的流动，磁州窑的名声、高超的烧制技术以及装饰手法，也随之散播开去，以至于出现了技术一脉相承、烧造有共同特征产品的磁州窑系。这个位于磁州的民间窑场，对中国和世界陶瓷发展的贡献和影响是何其大、何等深刻！

可惜的是，中国古代的官僚士大夫们从来都视老百姓为群氓、贱民，对磁州窑这个民字号的窑场更是不屑一顾。他们不会在乎磁州窑在陶瓷发展中的作用，也不知道磁州窑在中国和世界窑场中的地位，他们不愿意为野生野长的磁州窑花费笔墨篇章，中国浩如烟海的书籍史册竟然很少有对这个历史最悠久、北方规模最大窑场的记载描述，直到明代才出现了只言片语！

好在1918年，巨鹿故城遗址出土大批宋金时的磁州窑瓷器引起世界注意，国际上掀起了从未有过的研究热潮，这股热潮不仅使这个古老的窑场有了举世公认的名号，还把磁州窑被历史尘埃湮没的辉煌一点点拨开，逐渐闪耀出璀璨的光芒。

作为一个中国人，是应该知道一些中国历史的，对祖先那些令人骄傲的功绩更应该能够如数家珍，不然我们会羞愧，会被外国人看不起。

我们两个都希望弥补自己对陶瓷发展历史知识的缺乏，也都希望为人们了解磁州窑的过往由来做些工作，于是先后走进了磁州窑的所在地，开始采访和搜集资料。在这里，我们知道了这个有8000多年寿命的老窑场为什么窑火始终不熄，也知道了这个土里土气的民间窑场为什么会被世界瞩目，我们被磁州窑人的生产技艺折服，也被磁州窑人的顽强坚守感动。每天的采访都会产生激情，每一页搜集到的资料都丰富了见识，几经寒暑，终于，我们完成所愿，写下了《泥火磁州窑》这部书。

在采访和搜集资料的过程中，中共邯郸市委宣传部崔彩平先生、邯郸市文物局王兴先生、峰峰矿区文化局陈宝顺先生、峰峰矿区广电局张强先生、峰峰矿区文保所赵立春先生等都给予了大力支持，不仅为采访提供便利，还提供了大量资料和照片，这不能不让我们由衷感激。值此书成之际，我们向各位尊敬、可爱的朋友表示深深的感谢！

磁州窑，难忘的窑；磁州窑，不朽的窑！

朱新望　高枫

目录

1. 中国人，关于 china 你知道多少？　　001
2. 太行山，中华民族的摇篮　　006
3. 磁山，窑火呼呼燃烧起来　　012
4. "昆吾作陶"及"邯郸虎枕"　　022
5. 必须说说邯郸　　032
6. 从陶向瓷的惊艳一跃　　040
7. 碗神的传说　　048
8. 大唐飞歌：磁州窑的福音　　063
9. 号外！巨鹿故城发现了宝贝　　070
10. 低调奢华的磁州窑系　　085
11. 用瓷渣堆和俗语写成的历史　　094
12. 元代，磁州窑系走出国门　　101

⑬	站在世界陶瓷史的最高处	**105**
⑭	天下的"瓷"字几乎全写成了"磁"	**116**
⑮	琳琅满目，巧夺天工：磁州窑拾贝	**127**
⑯	闭关锁国：差点窒息了磁州窑的火焰	**142**
⑰	磁州窑火在民国的风雨中摇摇欲灭	**149**
⑱	磁州窑为什么不见于经传却寿数绵长	**152**
⑲	磁州窑与祖国共繁荣	**159**
⑳	白玫瓷　汉玉瓷　青花瓷	**164**
㉑	"金碧辉煌"的磁州窑系	**170**
㉒	"中国磁州窑万岁！"	**176**
㉓	教科书　史籍　诗集　字帖　画谱	**183**
㉔	当代绘画大师的磁州缘	**197**
㉕	磁州窑火还会继续燃烧下去	**207**

中国人，关于 china 你知道多少？

如果有人问：朋友，您吃饭的时候肯定会用到碗吧？

性子急躁的朋友会马上回答：什么？这不是废话吗！吃饭不用碗，难道还有用手捧着吃的？

我说：有。

有？那是谁？外国人吗？

不是，现在的外国人吃饭也用碗。

当今世界，几乎没有哪个国家的人不用碗进食了。

那，您刚才说的是谁？谁吃饭不用碗？

原始人。

原始人？哈哈哈哈，嘿嘿嘿嘿。听到这儿，大家恐怕会笑起来，嘴巴一直咧到耳根子下面。

那人说：您说话真逗，整个一脑筋急转弯儿。

不，这不是脑筋急转弯儿。我无意逗哪位朋友开心。说这话可能逗了点儿，以至于让聪明的朋友听得忍俊不禁，龇牙咧嘴。

但我的话题绝对是严肃的、深刻的，您可能从来没有听到过，也从来没有想到过。

比如，原始人吃饭就不用碗。

原始人也是人。按照无产阶级伟大革命导师马克思、恩格斯的说法，自从类人猿能够有意识、有计划地制造工具起，他们就不再是野兽，而是地球上的万物之灵——人了。

但是人最早开始吃饭的时候是不用碗的。

在几十万、上百万年的漫长岁月里，人——猴毛

还没有褪干净的原始人，披兽皮，围树叶，在森林草莽间东跑西窜，呼啸呐喊。

用石器和木棒打野兽、采野果，挖掘植物膨大的根，弄到一点儿可吃的东西，就用手捧着，"啊呜啊呜"，大啃大嚼。

他们用手捧水喝。——渴了，人们就跑到溪流边，用手捧起水来咕噜咕噜地赶快喝。

孩子渴了，要喝水；亲人病了，要喝水，他们也是用手捧起水，向居住的山洞迅速跑去。——当然，他们中聪明一些的，也可能会用贝壳盛水，或把大点的树叶卷成喇叭形状盛水。

但这些东西或者盛不了多少水，或者滴滴答答不停地漏水。等他们跑回"洞天福地"，水也漏得剩不下几滴了。

他们当然不喜欢这样。这样的生活一点儿也不爽。

相反，他们心里总是很窝火。

但这没有办法。那个时候他们没有碗，没有罐，没有壶。他们还不知道如何烧制陶瓷。

不会烧制陶瓷，自然就没有碗用，就没有罐、盆、壶、瓶等盛水用具。

烧制陶瓷器同制作石刀石斧可不一样，那要用泥巴捏，用火来烧，要改变泥土的物理、化学性状。那需要原始人的大脑发达到一定程度才行。

那是人类进化历史上很晚才出现的事。

考古报告证实了这些。

直到目前，人们发现的陶瓷碎片，最早的也只有一两万年前的，没有更早的了。

亚洲古人类遗址考古如此，非洲古人类遗址考古如此，欧洲、美洲、大洋洲的考古也都如此。

陶瓷的碗很脆，稍不留神就可能碰烂摔碎。手持石器、木棒的原始人如果有碗、盘用，是不可能不留下陶瓷器碎片的。

有朋友可能会说：没有陶碗陶盆，原始人不会用金属的碗和盆吗？

这是在说笑话了——如果原始人类连泥巴做的陶碗都不能烧制，那就更不可能冶炼出金属，用金属材料来制碗了。

所以我们只能遗憾地认为，生活在一万多年前的原始人，吃饭的时候不用碗。

他们还很不开化，还很蠢笨。

他们虽说是人，但还住在山洞里，实行群婚制。

他们虽一个个披头散发，但已经萌发了羞耻感。腰下没有裤子穿，只围一块儿遮羞"布"——也就是一块儿兽皮，或者一圈儿树叶什么的。

他们已能制造工具，但那只是把天然石块敲打敲打，简单加工一下而已。

他们的大脑还不发达，还处在人类进化最幼稚最蒙昧的阶段。

这样，也就难怪在本书开篇的时候，性子急躁的朋友听了我的话会着急。

我们知道，用不用碗、会不会制造陶瓷器，这绝对不是个简单的问题。

这是人类大脑发育程度的一个重要检测标尺，是人类有没有迈进文明社会的一条重要分界线。

现在已经知道，中华民族对人类文明的贡献，绝不仅仅限于人们常说的"四大发明"。

历史研究发现的已经有太多太多：种谷种稻，养鸡养蚕，喂狗喂猪……

烧制陶瓷器，特别是烧制瓷器，也是中国人奉献给世界的一项了不起的技术。

因此，世界称中国为China。

把中国叫作"瓷器"，而光润如玉、美不胜收、现代生活中人人都离不开的瓷器就是"中国"，这是全人类对中国伟大贡献的承认。

世界上没有第二个用创造性的产品和技术来称呼的国家了。这是我们祖先的骄傲！

可是，这是您的骄傲吗？——首先，作为中国人，您知道中国的陶瓷是从什么时候开始烧制的吗？

您在端碗吃饭、举杯品茗饮酒的时候，想过我们的老祖宗在各个不同的时代，是怎么样烧制陶瓷器的吗？

1979年，著名的艺术家张仃老先生在首都国际机场，面对着一方大型陶瓷壁画，动情地振臂高呼："中国磁州窑万岁！"在中国现代工艺美术界，张仃先生是个祖师爷级的人物。老爷子工山水国画，人们称颂他"山也峥嵘，笔也峥嵘"。

他33岁时受命参与中华人民共和国国徽的设计，同时参与耸立在天安门广场的人民英雄纪念碑的设计。

后来，他长期担任中央工艺美术学院的院长。可谓名震神州，桃李满天下。

这样一位大师，他高呼"中国磁州窑万岁"时，应当是知道自己此举会产生什么社会影响的。

中国有那么多的制瓷窑场，他何以对磁州窑如此动情、如此顶礼膜拜、如此衷心祝愿呢？

了解中国陶瓷，了解磁州窑，恐怕不仅仅对陶瓷收藏家、历史学者、陶瓷工程技术人员和推销商人有意义，对任何一个中国人，对任何一个想了解 china 的人，都应该是有意义的。

2 太行山，中华民族的摇篮

郭沫若对中国历史的研究作出过巨大贡献。

这位20世纪的中国文化巨匠曾说：一部陶瓷发展史，就是一部中华民族发展史。

中国著名陶瓷专家阎夫立先生，在研究中国陶瓷发展历史方面深有心得。

他说：陶瓷史伴随着人类文明史。磁州窑的历史就是一部完整的陶瓷史。研究历史必须研究陶瓷史，研究陶瓷史必须研究民窑。民窑是中国陶瓷的根和源，而研究民窑则必须研究磁州窑。

世界著名陶瓷艺术研究专家、日本大阪市美术馆馆长蓑丰老先生也说，在中国主要的陶瓷制品中，磁州窑系陶瓷是历史最悠久的。

这些大师们的话，坐实了磁州窑在中国陶瓷发展史以及人类文明史中的突出地位。

这些先生的话不是随便说的，他们的话都有根有据，并且说之前都经过缜密思考。如果说这些学术性的话也像小孩子过家家一样，说完了便完了，风吹云散，不负责任，他们是不会被人们推崇为大师的。

所以，我非常想系统地了解磁州窑。

为了了解磁州窑，邯郸市文物管理局局长王兴先生建议我到邯郸市博物馆看看，到磁州窑有关遗址看看。

在磁州陶瓷专家王兴、陈宝顺先生的陪同下，我一头钻进了太行山的腹地。

太行山像一条巨龙，蜿蜒在黄土高原和华北平原之间。

它的北部在北京，南部在黄河边，好似要把巨大的脑袋俯伏在滚滚大河上，喝那从青藏高原、黄土高原奔腾而来的琼浆玉液。

这是一脉气势不凡的大山。《列子·汤问》中说它与王屋山"方七百里，高万仞"。

这也是一脉举世闻名的大山。

它曾像不屈的中华民族的脊梁，挺立在艰苦卓绝的抗日战争的烽火中。

八路军的三个师中，就有两个师以这座山脉为依托，建立了抗日根据地。

129师和115师，依托这座大山，粉碎了日本侵略军一次又一次大规模的"扫荡"，不断主动出击，消灭了从贫瘠的海岛上跑到赤县神州来烧杀抢掠的强盗。

日本侵略军的"名将之花"，就"凋谢在太行山上"。

八路军的副总参谋长左权将军，也牺牲在太行山上。

> 我们在太行山上，
> 我们在太行山上；
> 山高林又密，
> 兵强马又壮！
> 敌人从哪里进攻，
> 我们就要他在哪里灭亡……

这首20世纪三四十年代响彻华夏大地的战歌——《在太行山上》，是中国人民不甘屈辱、奋起抵抗侵略的誓言。

它还将被传唱下去，以激励我们这个民族的子子孙孙、世世代代。

太行山脉还以它哺育了中华民族而在人类历史上灼灼闪光。

这脉古老的大山坐落在暖温带，四季更替，时序分明，气候既不潮湿，也不干燥。

它的峰峰峦峦，在千百万年的日月轮回的大部分时间里森林茂密，溪流潺潺，野兽成群，花果飘香。

这里很适合古人类居住、生存。

而大山山梁、山谷中蕴藏着丰富的煤矿、铁矿、石灰石、高岭土，也为古人类的日后发展，准备了坚实的物质基础。

20世纪20年代，在这座大山里，人们发现了一个古人类曾经居住过的山洞。从中挖掘出来的石刀、石斧，清楚地表明，山洞中的居民那个时候已经进化为人类。

山洞里烧柴草留下的巨厚的灰烬，表明住在这儿的人已经学会使用火、保存火种了。

更令人惊喜的是，在这个山洞里，通过继续挖掘，人们又发现了一些具有人类骨骼特征的骸骨化石。

这不仅进一步证明了山洞中的居民是人类，而且也让我们看到了山洞主人的真实面貌。

这就是外貌还有些"尖嘴猴腮"的北京猿人。

经过一次次的科学测定，人们得知，这个洞中的北京猿人，生活在距离我们今天23万到70万年之间。

这就是说，在亘古洪荒的时候，太行山中就有人类居住了！

而就在太行山北段这个叫龙骨山的小山包上，古人类在这里的山上山下忙个不停，捉鱼打猎，生儿育女，埋葬死殁，延续居住了一代又一代。

他们也曾短暂地离开过这个"洞府"，但很快又卷土重来。几十万年间，他们基本上没有离开过这里！

几十万年啊，那是多么漫长的岁月！

太行山，就是古人类的乐园呵。

直到 23 万年前发生的一次地震震塌了洞顶，北京猿人们才不得不永远地迁离了此处。

可是，他们并没有离开太行山！

仿佛上苍要着意证明这一点。在人们发掘北京猿人山洞之后，仅隔几年，又发现在这个洞的上方，接近山顶的地方，还有一个洞。

在这个洞里，也发现了人类居住的遗迹。

经过发掘，人们找到了山顶洞人的部分骨骼和头盖骨化石。

这些山顶洞人的样子，已经同我们现代人没有什么区别了。

据测定，山顶洞人生活在距今 1.8 万年前。

1973 年，仍然是在这儿，人们在龙骨山南山的山坡上又发现了一个山洞。这个洞也出土了古人类骨骼化石。这些古人类生活在距今 10 万年前。

人们称这个洞为新洞，称这个洞的居民为新洞人。

在太行山脉西侧的山西阳高县许家窑，在太行山脉的中段、河南的安阳市小南海，也先后发现了与新洞人同时期的古人类化石。

新洞人的模样介于北京猿人和山顶洞人之间。

这个时期的人，手比北京猿人灵巧，嘴部向后收，有了下颌，脑壳更薄，而脑室明显增大。

2003 年，人们为了寻找水源，在距龙骨山 5000 米的西南方向，在田园林场内的一座小山的山腰处，又发现了一个山洞。

根据洞中出土的人骨化石推测，生活年代距今约23.5万年。

请注意这些原始人生存的年代。

从70万年前到23万年前，接着再到10万年前，再到1.8万年前，这就是说，从刚刚能站立行走，还有些猿猴模样的北京猿人，到模样已接近现代人的新洞人，再到同现代人没有什么区别了的山顶洞人，太行山脉始终是中国古人类居住的家园。

太行山让人难舍难弃，为人类进化提供了一个完整的舞台。

作为地球人类的一部分，中国古人类在整个地质史上的第四纪中，一直生活在太行山中。

太行山抚育了中国人甚至是东亚人的祖先。他们在太行山中成长起来，发育出现代人的模样。

20世纪70年代，人们在太行山的中段，距离龙骨山300多千米的地方，又有了新的重大的考古发现，这就是磁山遗址。在此发现的古人类生活在距今8000年前。

这处遗址的发现，向人们揭示了太行山新石器时代早期人类生活的情景：这个时候，人们不再住在山洞里，他们能够建设简陋的半地窖式房屋了。

他们不再只是采摘天然果实和猎获野生动物以果腹，他们开始种粟养鸡，迈入人类文明的一个重要阶段——农业文明阶段。

请注意，种粟养鸡——这就是说，这儿的人类已经开始依靠种植谷物和蓄养家禽家畜而生活了。几百万年来原始人那种只能靠野生植物、动物活命的日子，到这时已经结束了。

而这儿的种粟养鸡，是迄今为止考古发现的地球人类遗址中时代最早的。

也就是说，太行山人类拥有当时世界上最先进的生产力和创造了最发达的人类文明！

呵，太行山，好一块风水宝地，好一片古老的山，伟大的山！

中国成熟的陶瓷生产技术，也是从这里开始的。

磁山时代以后发现的人类遗址，遍布太行山的中部到山麓，从南到北，密密麻麻。

女娲造人、黄帝战蚩尤、炎黄部落之战、尧舜禅让等等历史神话传说，都发生在太行山的中部或山麓。

中国历史上的第一个国家——夏朝，也是诞生在太行山的怀抱里！

太行山，对炎黄子孙，对中国，对全人类的发生发展作出过多么重要的贡献啊！

它是中华民族诞生之初的襁褓，是世界上最灿烂的古文明的摇篮之一。

3 磁山，窑火呼呼燃烧起来

西风猎猎，荒草离离。

我站在磁山遗址上凭吊，猎猎的西风撞击着我的胸怀，离离的荒草划擦着我泛着盐渍的衣裤。

没有"前不见古人，后不见来者"的自傲，也没有"斯人叹长往，世远成古今"的惆怅。

我只是感到惊讶，并且多少还觉得有点儿神秘。

脚下就是大名鼎鼎的磁山遗址。

这个遗址的发掘，被誉为"我国考古界的盛事"，"是新石器时代文化研究的重大突破"。

它的出土文物向世界宣示，世界上最早种粟和养鸡的国家，是中国。

我们的先人给祖国挂上了一块光芒四射的金牌。

这个遗址就坐落在磁山脚下。

磁山是太行山脉中段的一座山岭。

这是一座神奇的山，2000多年前的地理著作《山海经》曾经描述过它。

这座山中蕴藏着丰富的天然磁石——磁铁矿，人们把从这儿开采的磁石做成指南针，用以指示方向。

指南针是中华民族伟大的发明之一。没有它，大概就不会有三宝太监郑和下西洋的壮举，不会有哥伦布发现美洲大陆的拓荒，不会有麦哲伦环绕地球的地理大发现。

这座山为中华民族的伟大发明作出了划时代的贡献，为人类的航海事业、交通交流作出了基础性的贡献。而正因为太行山中段的这座山岭蕴藏着丰富的磁石，所以人们自古把它称作磁山。

这座山岭所在的行政区曾一度被称作磁州。磁州近代以来改称为磁县，隶属于河北省邯郸市。

现在，这儿建成了现代化的铁矿场，高品位的铁矿石源源不断地运出山去，为我们祖国迅速崛起的伟岸身躯构筑起钢铁的骨骼。

《山海经》没有提到这一点。

将近14万平方米的遗址，默默地卧伏在这座神奇山岭脚下的一条小河旁边。

揭去一层薄薄的表土，就能看到先民们遗留下来的生活痕迹：遍地的窖穴，窖穴中堆放着石斧石铲、巨量碳化了的粟以及俯拾皆是的陶器陶片。

8000年前，那时的人类刚刚可以离开山洞生活。他们学会了建筑一半在地下、一半在地上，用树枝搭架、茅草覆盖的马架子式的小屋。这样，他们可以在更广阔的空间里生产、生活。

但这些刚刚不再依赖天然洞穴的先民，他们是怎样争取到生存空间的呢？

他们的手中只有石器和木棒，难道他们就是用这些工具砍斫粗大的树枝，挖掘现代人用锋利的铁锹、铁镐也感叹"湿了泞，干了硬，不湿不干挖不动"的红胶泥土的？

他们挖成宽大的地窖，用来贮藏粮食，或者搭建住屋。

这遍地的窖穴，需要他们付出多么艰辛的劳动！

他们只有石器和木棒，但他们却从狗尾巴草类野生植物中培育出了已同现代的粟——谷子差不多的粮食作物。

他们刀耕火种，把烧去了野草、灌木的土地，用石铲翻过来，翻耕松软，然后种上粟。长成后，又用石镰、蚌刀收割后入仓。

他们用石器和木棒，竟然能开垦出如此广阔的耕地，收获够全部落人吃上一年的谷子。——那数百口窖穴中贮藏的碳化粟足可以证明这一点。

有专家测算了遗址中用作贮藏的窖穴容积。那些窖竟然可以贮藏6.5万余千克的粟！

用那样简陋的工具生产出十几万斤谷子，先民们是在怎样地一步步走向现代文明！

我无法想象先民们日复一日、年复一年的劳累程度，以及握石铲、石镰的手在耕作时的痛楚，但我确确实实看到了他们的劳动成果！

他们就这样创造出了当时世界上最先进的生产方式和种植、驯养技术！

磁山的先民呵——我们民族的祖先！

我还想到，先民们既然用地窖贮藏粮食，相信他们已经懂得并掌握了防止雨水渗入、谷物潮湿霉变的技术。

他们除了选择有利地形、实施窖顶加盖等必需的措施，恐怕还使用了火这一"精灵"。

他们在贮放粮食之前，先用火把窖壁、窖底烧干烧硬。

这不仅使得窖壁、窖底干结不掉土，还能杀虫杀菌，保证谷物能够长期贮藏。

我们不知道，先民们是不是真如我们想象的那样烧窖，但遗址出土的许许多多贮藏窖，窖壁和窖底都是火红火红、干硬干硬的。而十几万斤保存下来、只是碳化了的谷粒告诉我，先民们确实在没有杀虫剂和现代粮仓设备的远古时代，成功地保存了粮食！

我相信先民们已经具有了这样的智慧。

他们已经知道泥巴经火烧灼会变硬的事实。实际上，他们运用这个知识，已经烧制出了海量的上好陶器。

磁山遗址出土的陶器数量之多，是8000年前的其他中外遗址所没有的。——在揭开表面积土的部分遗址上，几乎遍地都是！

把这些陶片复原成器皿，这些器皿的烧成火候之高、器型之多和花纹装饰之美，也是8000年前的其他中外遗址所没有的。

于此，我们可以想见，磁山先民们用火和泥巴烧制陶器的技术水平以及烧制规模，达到了一个怎样的程度。

磁山遗址开始于8000年前，根据现在的考古报告，磁山先民也许不是世界上烧制陶器最早的，甚至也不是中国最早的。

但是，从出土陶器陶片的数量、烧成火候之高以及器型之多、装饰之美来看，却是8000年前中外其他遗址所没有的这一事实，我们应该说，磁山遗址的烧陶技术，是8000年前的中国和世界上最成熟的。

是当时世界上最成熟的？这有什么意义吗？

当然有。这说明磁山先民在迁徙于此地以前，已经在陶器制作方面摸索了很久很久。

曾有人这样推测过陶器的产生：原始人先用树枝、草茎编成一定的形状，然后把泥巴涂上去，放在火上烧，树枝、草茎烧掉了，泥巴烧干了、烧硬了，陶器便烧成了。

现在看来，这些人的推测，可能只是原始人烧制陶器的方法之一。

现代陶瓷专家认为，陶器的产生，不是一人一时一地的事，而是经过了一个漫长的、全球性的探索过程。

需求是最强劲的探索动力。原始人在生产生活中，太需要能够盛放食物和水的器皿了。

大自然赐给他们的贝壳和树叶，或者容积太小，数量又太少，或者使用起来不称手、不太方便。他们必须自己去动脑筋，创造一种全新的器皿。

全世界各个地方、各个民族的原始人，都在漫长的岁月里思索和试验。

一开始也许是个别人发现，扔在火里或放在火边的泥巴，经过火焰的烧灼，变得坚硬起来。经他这么一说，所有的人都注意到，火烧过的泥巴不仅变得坚硬，而且遇到水也不再立刻酥软、化解。

聪明的人和聪明的民族，不断对火的利用进行摸索。

泥巴是柔软的、可塑的，他们用泥巴捏制成盛水较多的大"贝壳"，或者其他什么样子的容器，放进火里进行烧灼。

但他们失败了。

他们用泥巴做的大"贝壳"虽然在火中变得坚硬了，但是却裂开了，裂得根本无法盛水，甚至裂成了几瓣，裂成互不联系的几块陶片。

再次烧，再再次烧，都是如此。

肯定有人退缩了。他们认为烧制泥巴"贝壳"是根本不可能的事。人在喝水吃饭时的尴尬是上苍安排的，还是安分守己、听天由命吧。

也肯定有人在坚持，有许许多多的人在坚持。

他们要改变自己的生活处境、改变人类的生活处境。他们最终成功了，不然不会有我们今天手中美丽的瓷碗、瓷盘。——他们尝试用各种方法来烧，尝试改变泥巴的构成成分……没有谁给他们记功劳、涨工资，更没有谁给他们专利费。

在原始社会，人类懂得的科学知识少之又少，还处于从零开始的阶段。这样，人们的发明创造之路便遥不可及的漫长。

几乎所有的发明创造，都是千千万万人世世代代参与的结果。人们的观察，人们的经验教训，一点一滴地积累，最后才使人工创造物的配方、工艺流程，渐渐清晰、完善起来。

原始人虽然都很愚昧，但人们之间的交流很重要。"三个臭皮匠，顶个诸葛亮"，说的就是这个道理。

在这方面，人口众多的民族，人烟稠密的地方，具有天然的优势。

人口众多、人烟稠密，人与人之间的交流就多、就频繁、就方便，经验容易交流，知识容易积累，互相之间容易受到启发。

这样的民族，这样的地区，进步就快，发达就快。

历史上曾在蒙昧时代领先于世界的民族和地区，无一不是这样的因素促成的。

谁见过人口稀少的地区和民族，率先走出了原始社会？

那些人口不多的民族，那些处于交通不方便地区、交流圈子很小的民族，有的直到现在还在石器时代徘徊！

经过千千万万不甘命运蹉跎的人的坚持和探索，经过千千万万年经验的积累，原始阶段的人类终于明白：泥巴捏成容器以后，要晾干才能烧烤，否则就会烧裂。

泥巴的原料要讲究。有的泥巴的土必须进行淘洗，有的泥巴的土必须掺入沙子。而所有的泥巴在捏制前，都必须和匀、和滋腻。

用泥巴捏成的容器，形状越简单越好，形体最好是圆形或圆弧形的。四四方方有棱角的物体，烧灼时往往会裂开。

原始人终于会烧陶器了，人类终于摆脱了尴尬，步入了文明社会的门槛。

但同所有事物的发展一样，各个民族、各个地区烧制出陶器的进程是不平衡的。

根据考古报告，东欧有1万年前的陶片出土，日本有1.3万年前的陶片出土，地处两河流域的伊拉克美索不达米亚平原也有1.3万年前的陶片出土。

中国江西万年市仙人洞遗址有2万多年前的陶片出土，广西柳州鲤鱼嘴遗址也有1.2万年前的陶片出土。

遗憾的是，世界上这些地方出土的陶片数量较少，有的仅几片，甚至无法复原成形，无法让人们看出陶器的形状。

人们因此难以判断这些陶片的来源，怀疑是否是遗址主人的作品。

并且，这是原始人在探索阶段烧裂泥巴"贝壳"的碎片呢，还是偶然烧成的一个或几个陶器的碎片？

太行山脉尚没有1.3万年前陶片出土的报道。

但太行山脉是古人类长期活动的地方，原始时代的遗址众多，人烟也是当时地球上最稠密的。这儿的生产力水平，是当时世界上最先进的，这已经为考古发掘报告所肯定。

因此，这儿的陶器烧制也应该是当时世界上最先进的。退一步说，起码不会落后于其他地方。

从事实看，确实如此。

磁山遗址最底层文物的年代是8000年前，这就是说，磁山先民最迟是8000年前落脚在这块遗址上开始建屋居住的。我们无法知道，他们在这之前仙乡何处，什么时候开始摸索着烧制陶器。但他们遗留的陶器让人们看到，8000年前他们在这里生活时，其烧制技术已经非常成熟了。

20世纪80年代初，我看到过磁山遗址的发掘报告。现在，又在磁山遗址文物陈列馆中看到了实物。

先民们烧制的陶器种类很多。有煮饭用的陶盂，有盛水用的陶罐，有喝水用的陶杯以及盛食物用的陶碗、盘、钵、豆等等。

而每一种器皿又有许多不同的形状。例如罐，就有深腹罐、直沿罐、圈足罐、小口长颈罐等形状。

有的罐子上有乳钉纽和鸡冠状的耳，以便于人们搬动或系绳提起。

这些陶器不仅造型优美，先民们还在它们的表面进行了装饰。他们用篦子划出有规则的花纹，用绳子印出一圈圈波浪形的花纹，用动物骨刺和细树枝剔刻出凹凸不平的纹样，组成一个个图案……

最有意思的是，他们把专门用来在火上架起陶盂的支架，捏成了鸟头形状，刻画出眼睛和花纹，制成了很有欣赏价值的雕塑品。

这种融实用性、艺术性于一体的器具，最充分地表现了磁山先民制作陶器的水平。

据报道，这些8000年前遗留下来的巨量陶片，仅用一小部分便复原出了477件陶器。而烧制这些陶器的火候，均达到了880到930摄氏度。

我们知道，烧制陶器的火候越高，陶器的质地便越坚硬，越不怕水的浸泡。

巨量的陶片、优美的器型和装饰以及相当高的烧制火候，告诉了我们什么呢？

面对它们，我们不能不想到，磁山先民们的陶器不是随意在篝火中烧制的，而是在部落或村落中，已经产生了专门制作陶器的工种，已经有了专门烧制陶器的工坊，师傅们可以成批地烧制陶器了。

他们建有能够产生高温，并且温度较为恒定的窑，把陶器放进窑中烧。尽管这时候的窑十分简陋，容积很小。

部落或村落中没有专门制作陶器的人或人群，是不可能烧制出这样好的陶器的。

而没有专门烧制陶器的窑，把泥巴坯放在篝火中烧，不仅容易烧裂，而且很难掌握好火候。就是一件陶器、特别是大型陶器，也会出现受热不均，这部分过火、那部分夹生的现象。

磁山遗址复原的陶器中，就有许多直径超过30厘米、高度也超过30厘米的大型陶器。

8000年前的磁山先民们，能够烧制出这样高质量的陶器，肯定走过了漫长的探索之路。

我们不知道他们的第一块陶片或第一只陶器，是何时和怎样烧成的，比世界其他地方的原始人群晚还是早。但我们可以负责任地说，他们从不会到会，摸索了很久很久，最迟在8000年前，在太行山脉中，在磁山脚下，烧陶的窑火熊熊燃烧起来了。

在熊熊燃烧着的窑火中，烧制着火候很高、形状和装饰都富有艺术性的各种陶器。这些陶窑和陶器，是当时世界上人类能够做出的最好的、技术最成熟的产品之一。

窑火旁，穿着简陋的先人们在筛土，在和泥，在捏制，在忙碌……同喷烟吐火的陶窑一样，这些先人应该是世界上最早烧制陶器的专业人才。

农业种植的发达和居住环境的稳定，能够把他们从其他生产中分离出来，把一生的大部分岁月，用于对陶器烧制经验的继承、领会和技术水平提升的探索、积累中。

现在，在故宫博物院，在中国国家博物馆，都陈列有磁山遗址出土的陶盂等陶器。这些陶器向人们展示着中国原始社会新石器时代早期制陶技术的先进水平。

磁山遗址熊熊燃烧的窑火，照亮了中国远古时期烧造陶器的历史。

从那时起，这熊熊的窑火在磁州境内辗转延烧，经历了8000年的风吹雨打，一直都是绚丽辉煌、摇曳生姿！

4 『昆吾作陶』及『邯郸虎枕』

磁山先民们创造的辉煌，标志着中国原始社会农业种植经济的发轫。

自磁山先民的时代以后，太行山上下、黄河流域内外，人口迅速增加，人烟越来越稠密。

地球这个星球诞生以来亘古洪荒的自然环境，率先在亚洲大陆的东部被觉醒的人类打破了。

到距今四五千年前的"三皇五帝"时期，太行山前的平原上，太行山中的河谷边以及黄河及其支流流经的黄土高原上，到处村落相望，鸡犬之声相闻，田野阡陌纵横，已经成为中国乃至世界上开发程度最高、文明程度最高的地区之一了。

这个时候的中国人是地球上最文明的人之一。

他们普遍使用陶碗吃饭。这可以由地下遗留至今的陶器和陶片作证。

距离现在8000年以内的中国原始社会人类聚居遗址，几乎每一处都有陶器、陶片出土。

这些陶器和由陶片拼凑复原的陶器，大都是碗、盘、罐、盂等日用品。

而年代越接近今天的遗址，出土的陶器、陶片数量就越多，质量也越好。

从已经发现的遗址文物看，磁山时代以后，在距今六七千年前的黄河中下游一带，人们已经开始烧制颜色为土红色的陶器了。

这是由于使用的原料，是含氧化铁较多的当地红色黏土。

这种土红色的陶器质地还比较粗糙，烧制的火候也比较低。人们为了美观，在陶器上用矿物颜料画了一些赭、红、黑、白色的图案，这让今天的人们感到既惊奇又神秘。

有一个陶盆上画了一个人的脸，眼睛睁得圆圆的，滴溜溜地望着我们，很是精神。

有一只陶盆上画了两尾鱼，鱼在游动，鱼身上却只有骨头没有肉。

有一只陶盆上画了太阳，太阳光芒四射，温暖的波流从土红色的盆子向四处发散。

还有的陶器上画了一些符号，似乎是文字，可谁也不知道这些文字表达的是什么意思。

据考古专家说，这些陶器上的画作，可以说是中国绘画的起源，而陶器上类似文字的符号，应该是中国文字的先驱。

这一时期的陶器，以河南渑池仰韶文化遗址出土的最为典型，人们便以遗址命名这类陶器所表达的文化，称作仰韶文化。

仰韶文化以后是龙山文化。

龙山文化是指距今四五千年时，黄河中下游地区陶器所反映的文化信息。

这一时期的陶器，以山东章丘龙山和泰安大汶口遗址出土的最为典型。

龙山文化时代的陶器，胎质是黑色的，或者胎质是黄色但表面是黑色的。陶器上没有花纹，或者只刻画了十分简单的花纹，其突出的特点是全身的黑色和精巧的制作工艺。

黑陶陶器坯入窑前经过认真打磨，烧成的火候较高，烧成后质地较硬，颜色漆黑发亮。陶器的壁很薄，蛋壳黑陶的陶器壁只有0.3~1毫米厚。

0.3~1毫米，那个时期人工烧制的陶器其壁竟如此之薄！

以至于在刚刚发掘出土时，考古工作者很久都不敢相信这是陶器！

这表明，在距今四五千年时，黄河中下游一带的陶器制作已经具有相当高的工艺技术水平了。

在仰韶文化和龙山文化先后或同时，东南沿海一带的出土陶器则多为灰陶和绳纹硬陶。

由于绳纹硬陶制作粗糙，不宜用作食具和炊具，估计那时当地的人捧着的碗，应该还是泥质灰陶的。

我国其他地区的人们在这个时代吃饭也用陶器，但这些地区的陶器制作水平要稍差一些，大多为泥质灰陶和夹砂陶，同8000年前磁山、裴李岗时代先民烧制的差不多。

距今4000年前，黄河中下游一带率先进入了奴隶制社会。

先是禹的儿子建立了夏朝，接着是商部落推翻夏建立了商朝，之后周武王伐纣，建立了周朝。

中国的陶器制作水平伴随着时代的演进，也在不断进步。

磁山时代的先民制作陶坯时，对小件的陶器用手捏，而对大件的陶器则是先把陶泥搓成长长的泥条，然后一圈圈盘筑，最后用泥抹平。这种制作完全是手工操作。

到了夏商时代，先民制作陶坯已实现了半机械化，他们使用了陶轮。

师傅们把陶泥放在能够旋转的木质轮盘上，然后快速拨动木质轮盘。轮盘上的陶泥在飞速旋转的离心力作用下开始变形，陶工用手加以控制和引导，使其形成人们所期待的形状。

陶轮的发明，不仅提高了陶器生产效率，还使制作出的陶器器型趋于规整。

陶轮最早是在什么时候出现的，现在还无从知道。但仰韶文化时代的遗址已经有了陶轮出土，而从陶器的陶片分析，夏商时代陶轮的使用已经十分普遍了。

夏商时代，烧制陶器的温度已经提高到了 1000 摄氏度。有的窑炉甚至达到了 1200 摄氏度。

窑炉的气氛也获得了改善，窑内的温度分布比较均匀，烧出的陶器过火或者夹生现象已经大大减少。

由于烧成温度的提高，陶器的硬度也提高了，这时，陶器行业所说的硬陶出现了。

过去制作陶器时，对使用的原料没有进行细致的粉碎，没有淘洗，陶泥中含有的杂质比较多，烧成后陶器质地粗糙，结构疏松，强度差，吸水率高。

而夏商时，人们已懂得选用优质的陶土，进行细致加工，因之制作的陶器质地细腻坚实，光滑可人。

考古中还发现，一些夏商时代的陶器或陶片上，附有一层绿色或黄褐色的玻璃状物质。

经过研究才知道，这就是釉质。是当时的人们制作陶器时，在陶坯上涂敷了釉料后烧成的。在陶器上施釉，陶器会更光滑更好看，吸水率会更低。

这就是说，夏商时代的陶工已经研制出了釉。

烧成温度的提高，对原料的选择及加工工艺的改进，以及釉的发明和使用，为瓷器的出现奠定了坚实的物质基础。

从商朝开始，中国诞生了原始瓷器。到东汉末年，或者最迟到南北朝时期，原始瓷器进化为真正的瓷器。我们将在另一节中，对此专门进行讲述。

这是整个中国的情况。那么磁州窑呢？

磁州窑，是磁州境内所有窑的代称。不同历史时期，窑群最密集处，或者说是烧制中心也在不断变动，但始终是在磁州境内迁移。而烧制技术工艺也是前后传承，具有明显的共同点，这样，人们便把经历了陶瓷发展最悠久岁月的这一大窑群，称作磁州窑。

磁山坐落在磁州境内，因此我们可以说，在磁山遗址内烧制成功的第一个陶器，就是磁州窑烧制陶瓷器的肇始。

磁州窑的窑火一经点燃，就一直照耀着中国漫长的陶器和原始瓷器发展之路。

战国时成书的《吕氏春秋》说："黄帝有陶正，昆吾作陶。"

西汉时成书的《史记》说："黄帝命宁封为陶正。"

这两段记载与我们的叙述有什么关系呢？

陶正是古时候管理陶器行业的官吏名。黄帝任命宁封做陶正，即当时负责制陶行业行政管理的"制陶工业部部长"，可见黄帝时，社会上已经有专门制作陶器的行业了。

这也就是说，此时出现了明显的社会分工。

黄帝是三皇五帝之一，是5000年前的大人物。上古传说他似神似仙，如虚如幻。

虽然作为科学的历史，尚缺乏证据确定他的真实存在，但世界各民族的经验证明，有文字记载的历史出现以前，各民族都有一个本民族历史口口相传的阶段。

这代代相传的口头历史，免不了有夸张、神话的成分。但剔除这些夸张、神话成分，口头传说中所述说的历史人物和事件，大都还是存在的，这其中有许多已经在考古中得到了印证。

如果说人们对黄帝是否曾经真的存在还有争论，那么，昆吾则不是虚幻的,它的存在是实实在在的。

据破译的甲骨文印证,昆吾是个古老的部落,是个占地一方的方国。

这个部落占据着现河北南部和河南北部的太行山区,以及太行山前一片辽阔、肥沃的冲积平原。

据甲骨文和后来的历史文献记载,商朝统治者的先人,游牧于山东中南部和河南东部,曾先后消灭了和昆吾毗邻的顾、韦两个方国,又打败了昆吾,从此势力扩张到太行山下,为商朝的建立打下了牢固的基础。

《吕氏春秋》先说了"黄帝有陶正",接着就说"昆吾作陶"。一提到天下的陶,就让人立刻想到昆吾部落,就被人提到昆吾部落,这说明,昆吾部落的陶器制作,在当时是很有名的,起码在中原华夏各部族中如此。

磁山就坐落在河北南部,昆吾占有的地盘就包括了磁山。

8000年前的磁山先民已经能烧制出很好的陶器,四五千年前的昆吾部落制作的陶器名冠华夏,这不是有渊源、有基础、一脉相承的吗?

由《吕氏春秋》等文献我们看到,在磁山遗址以后的四五千年里,磁山一带的制陶业仍然是十分出名的。

文献记载完全能够得到地下出土文物的支持。

现代考古发现,磁山一带的原始社会遗址十分密集,各遗址中都有大量的陶器出土。

仰韶文化遗址出土的彩陶,器型浑圆规整,据分析,是使用陶轮制作的。

磁州窑地域在距今六七千年时的仰韶文化时期,就使用了陶轮制陶,这在当时的中国是十分先进的。

磁州窑的陶轮与南方的不一样,不是用木板制作的,而是由一整块石板凿成的。

这样的陶轮自重大，拨动时费力气，但转动起来惯性也大，可以制作比较大的陶器，也可以对一件陶器做时间长一些的、比较细致的加工。

在彭城镇，一直到20世纪60年代，这种陶轮还可以在一些集体企业和家庭作坊中看到。

龙山文化时期的黑陶，在磁州窑区域也有发现，此时的遗址分布也更加密集。

在邯郸市西郊的涧沟村，还发现了这一时期的古窑。

这座5000年前烧制陶器的建筑，结构与后来的磁州窑典型窑炉已经十分相似。它有固定的燃烧室和主烟道、分烟道，可将火焰比较均匀地分散在窑室内，求得各处温度一致最大化。

这种设计所达到的科学水平，不仅在当时的中国是最先进的，即使在今天的景德镇也不落后呢。

有悠久的制陶历史，有如此先进的陶轮和窑炉，难怪昆吾的陶器制造驰名华夏了。

3000多年前，商朝的首都在黄淮流域搬来迁去，游移不定。有史料说，前后挪了9个地方。

这大约与商部落是游牧民族有关系。

最后一次定都在殷，也就是今天河南最北部的安阳市。至此，首都不再游移搬迁，稳定了下来。

这不是偶然的。这表明，商部落势力扩张到太行山麓后，渐渐接受了先进的农耕文化和定居生活的方式，而当时这一带人烟稠密，经济发达繁荣，是天下的经济文化中心，已非其他地区可比拟，足以被商王朝的统治者们看中，并有足够的能力支持商王朝在此建都。

磁州窑所在的磁州，毗邻安阳，相距咫尺，同属于当时中国经济文化最发达的中心地区。

对殷都废墟——殷墟的考古发掘出土了大量商代印纹硬陶、釉陶和精美的白陶。这些陶器，标志着 3000 年前中国最高的制陶工艺技术水平。

与此相对应，在磁县下七垣村遗址发现了殷商窑址，出土了大量印纹硬陶陶片。

而距此咫尺之遥的武安团城，则出土了白陶陶器、陶片。

位于现代磁州窑中心部位的彭城镇富田村、豆腐沟一带，也发现了一批硬陶陶器、陶片。

邯郸涧沟村遗址出土的硬质陶器陶片，更是蔚为可观……

我们不能由此说在殷墟出土的陶器，都是毗邻的磁州窑生产的，但我们可以说，磁州窑生产的陶器，与殷墟陶器存在着密切的关系。

硬陶的出现，是烧制温度提高的结果。而白陶的出现，则说明商代陶工不仅提高了窑炉的温度，还掌握了选用制作白陶的瓷土原料的技术。

而选用瓷土做原料烧制白陶，这已是烧制瓷器的直接前奏。

在"昆吾作陶"之后，在整个奴隶社会阶段，磁州窑的陶器制作水平都是冠绝华夏的。

战国初期，邯郸成为七雄之一赵国的首都。

邯郸的冶铁业天下第一。冶铁业主之一的郭纵富比诸侯。由此可见冶铁业的规模之大和技术水平之高。

其实，当时邯郸的冶铁业，主要是以磁山及其周围山岭的磁铁矿为原料的。

冶炼铁需要掌握高温熔炼技术，这种技术对磁州窑的陶器生产肯定有一定的借鉴作用。

午汲古城遗址位于磁山北坡下，与8000年前的磁山遗址一山之隔。

在这儿考古，人们发现了十几座东周时的陶窑，9座西汉、东汉时的陶窑。而从东周到东汉，时间长达900年！

这么多的陶窑集中在一起，时间延续跨度又这样大，这在当时的中国是罕见的。

这说明，午汲是东周一直到东汉时磁州窑的烧造中心之一，也是邯郸及其周边地区的陶器供应基地。

20世纪六七十年代，邯郸市在挖防空洞时挖出了战国时邯郸城的遗址，出土了大量文物。

陶器数量和品种非常多，有碗、盆、盘、壶、杯、瓮等日用品，也有瓦、水管、井圈、瓦当等建筑材料，还有纺轮、齿轮陶范等生产用品。

有些陶片上印有"邯亭""司口"等字样的戳记，同午汲战国窑址出土的陶器上的戳记相同。这个事实，说明了午汲陶窑的生产和邯郸的关系。

午汲陶窑较涧沟陶窑有了许多改进。窑顶建筑为近似半球的馒头形状。窑顶竖起了烟囱，窑床挖有沟槽，引导烟火从窑床上通过，使窑内在最短时间内达到一个极高的温度。

而出土的陶器陶片中，有一些敲起来发出"当当"的响声，类似金属般的声音。这表明，午汲陶器的硬度和坚实度，达到了一个相当高的程度！

午汲陶窑已经具备了现代陶瓷窑炉的基本构造，形状也十分接近磁州窑的典型窑炉"馒头窑"。这种"馒头窑"使用了2000多年，一直用到了20世纪60年代。

馒头窑，为中华民族的陶瓷器发展作出了卓越的贡献。

史书记载，战国时"邯郸出虎枕"。虎枕即虎形陶枕，大约是白陶质的。战国时，邯郸烧造的虎形陶枕造型好，质量高，名闻九州。

虎枕造得好，其他的陶器造得也不会差。邯郸博物馆展出的一件陶鸭，形象逼真，造型生动，具有很高的工艺水平和欣赏价值，显示了战国时磁州窑工匠娴熟的技艺。

在磁山遗址以后，直到瓷器出现前的6000多年中，磁州窑窑火，就这样持续放射出璀璨的光芒。

必须说说邯郸

20世纪70年代中期,一个闷热的夏天的傍晚。

在距峰峰矿区不远的邯郸市,在纺织局简陋的大礼堂里,日光灯洒下灰白的光亮,照耀着上百位挤挤挨挨的听众。

屋顶吊着的电扇都打开了,转得呼呼作响。吹下的风好像还不够大,软绵绵的,驱赶不走人群散发的热气。

人来得太多了,三面几十个窗户的窗台上也坐满了人。

洞开的几个门口挤得水泄不通,一丝儿凉风都透不进来。

然而,人们没有对闷热抱怨,没有对人来得太多发牢骚,偌大的礼堂鸦雀无声。

前面舞台上讲话人的每一句话,甚至喝水咂嘴皮子的声音,都能清晰地传到礼堂的每一个角落。

讲话人穿一件白衬衣,风度儒雅,从容镇定。他声调不高,侃侃而谈,每一句话都有极大的吸引力,牢牢牵扯住听众的耳朵。

这是著名的历史地理学家、北京大学教授侯仁之先生,在给邯郸市的干部、学者、教师,做关于邯郸市诞生、发展历史的报告。

在20世纪70年代的人民防空工程施工中,邯郸市在市区的地下,发现了春秋战国时期邯郸城的城址遗迹,并且出土了不少陶器残片和其他文物。

侯仁之先生闻讯后,来到邯郸开展调查研究。由于他对邯郸这座古老城市的出现与发展变化颇有研究心得,所以当时的邯郸市党政领导,便请他给本市机关干部等做一场报告。

这一场报告的内容，后来经过侯先生的进一步整理和充实，作为论文在有关学术杂志发表，并收入了侯先生的论文集中。

此时还处在极左思潮泛滥的"文化大革命"中。

但是人们了解自己所在城市的历史，对学习人类发展知识的渴望，却是谁也压抑不住的。

侯仁之先生的报告，有许多内容和磁州窑有关，他的讲述，让邯郸的知识界大长了见识。

磁州窑所在的峰峰矿区，隶属于邯郸市。

距磁州窑中心彭城镇最近的大城市，也是邯郸市。

"市"在中国语言中，是集市的意思。也就是物资交流、贸易买卖的场所。

因此，城市的第一个功能，就是汇集所在区域内的物资，进行买卖交易。

陶瓷生产不像种粮食养鸡鸭。它属于手工业，生产的产品必须进行交换才能获取用以维持生活的资料。

制作陶瓷器的师傅们通过产品交换，才能吃到粮食蔬菜、鸡蛋鸭蛋和羊肉猪肉……否则，他们就可能被饿死。

原始社会烧制陶器，虽然一开始不是为了买卖，只是为了满足本部落族民生活的需要。但是，由于烧制陶器的先人已是专业生产——烧制陶器不是人人都能干得了的，它需要丰富的经验、高超的技术和渊博的知识，因此，他们的主要劳动和时间已不放在种植畜养上。他们所消耗的食物需要由其他氏族成员提供。

这样，他们实际上是在用自己的劳动产品，换取别人的劳动产品。这也是一种交换。

随着社会的进步，氏族内部的社会分工越来越明显。

而在氏族与氏族之间，某些氏族的生产方式可能长期停留在畜牧、渔猎阶段。而某些氏族由于缺乏原料或其他原因，也可能掌握不了烧造技术或烧造不出好的陶器。

这样，陶器和其他产品的交换规模以及交换区域都会扩大。当交换的中介物——货币出现以后，交换就变成了买卖。

氏族内部成员之间、氏族与氏族之间的交换，不只陶器一种产品，粮食、猎物、畜产品、装饰品、山货水果、弓箭武器，也都是用来交换的物资。

当交换变得经常化和规模大到一定程度以后，就要求有固定的、对各部落各氏族都方便的交换场所。于是，"市"就出现了。

"市"对于陶瓷这类专门为交换而生产的行业，是至关重要的，甚至决定着它的生死。

磁州窑窑火点燃以后，能够成为原始社会及以后各社会发展阶段中原地区的一个重要窑场，离它最近的邯郸市的形成和发展，就不能不为我们所关注。

邯郸是个沉甸甸的名字。

邯郸的历史非常古老，是中国最早出现的一批城市之一。

邯郸坐落在太行山麓的山前平原上，离磁山遗址不到百里。

从太行山中流出的漳河、滏阳河、沁河等大大小小的河流，携带着泥沙，在这儿淤积出深厚肥沃的土层，非常适于农业种植。

当磁山附近的先民们人口增加，并且初步掌握了对洪水涨落规律以及怎样防御的知识后，便沿着河谷来到了这儿。

他们筑室居住，开荒种谷，养猪养鸡。由于土地肥沃，并且由于地势较高，洪涝灾害较少，这儿的田地越开垦越多，村落越来越密集。

到距今四五千年前时，邯郸一带成了中国开发程度最高、经济最发达、人口最多的地区之一。

经济发达，人口密集，物资交换便频繁。邯郸的交通十分方便，从太行山中流出的河流和经陆路出太行山中段的陉道，都经过这里。

而从北方幽燕之地到南方荆楚之滨，在古时候有一条必走的大道——南北大道，也经过这里。

邯郸是走东走西、南下北上的枢纽，为本区域内的交换和远方部族前来交换，提供了便利的交通条件。

据史籍记载，4000年前，商族部落一个叫亥的首领，也就是后来商朝王室的祖先，曾多次赶着牛车到这一带做买卖。

最后一次，亥不幸被当地人杀死，货物被抢走，以致引发了商部落和这一带部落的长期战争。

从这段史实，我们可以看到，邯郸一带事实上也是远古中国物资交易最频繁的中心之一。远在山东南部的商部落，也长途跋涉到这儿来交换东西、做买卖。

而作为中心，意味着，邯郸可能很早就形成了固定的市集——"市"。

交换的物资中有农产品、畜产品、渔猎产品，也有包括陶器在内的手工艺品。邯郸成了离磁州窑最近也是最大的交易市场。

陶器产业既然离不开交换，磁州窑的窑主们肯定要到这个"市"来做买卖。

邯郸"市"的繁荣与否，对磁州窑的发展就具有了格外重要的意义。

有了"市"，也就有了货物囤积、商人食宿、财物聚散的处所。为了保证财物、人员安全，防止被突然抢掠和袭击，人们便筑起坚固高大的墙，把"市"围起来。

这就有了"城市"一词，"城"字的意思就是高大坚厚的墙。

邯郸这座"城市"，就此诞生了。

邯郸城市最早见于史册记载的是《竹书纪年》。

这本书说："自盘庚迁殷，至纣之灭，二百七十三年，更不徙都。纣时稍大其邑，南距朝歌，北据邯郸及沙丘，皆为离宫别馆。"

注意，此时是距今3000多年前的商纣王时期。

商纣王在邯郸建筑的"离宫别馆"，这类建筑应该是被特别保护的。而"邯郸"两字都有右耳做部首，右耳即表示城邑。在古地名中，只有是城邑的地名，才加右耳这个部首。

这段记载显示，商纣王时邯郸已是城邑。

现在我们不明白的是，纣王的"离宫别馆"，是建在邯郸城邑中了呢，还是就以邯郸城邑作"离宫别馆"？

公元前491年，晋国六卿之一的赵简子攻破邯郸，从此邯郸成为赵氏发展的根据地。"三家分晋"之后，邯郸被定为赵氏建立的赵国的首都。

"六王毕，四海一。"秦始皇扫灭六国后，邯郸依然是天下名城，是秦朝三十六郡之一的邯郸郡的首府。

西汉刘邦建国，把最宠爱的儿子刘如意分到这个富庶繁华的城市做赵王。

直到东汉时期，由于战争的破坏，邯郸才逐渐衰落。但邯郸城市所在的区域，仍然是中国最富裕的地区之一。

东汉末，曹操以此为根据地，把王都建在邯郸南边不远处的邺城。南北朝时，邺城还是东魏和北齐的陪都。

西汉名著《盐铁论》为皇帝纵论天下经济形势时说："赵之邯郸，魏之温轵，齐之临淄，楚之宛……富冠海内，皆为天下名都。"

汉朝为管理买卖交易事宜，在首都长安以外贸易量最大的五个城市建立了"五均司"，这五个城市是洛阳、邯郸、临淄、宛和成都。

《汉书·食货志》说这五个城市是"五都"。在五个城市中，邯郸的地位仅次于西汉的东都洛阳。

邯郸在西汉时的繁华和交易规模，于此可见一斑。

此时的邯郸有几十万人口、几十平方千米的城区面积，市区之广大，恐怕在当时的世界上都是屈指可数的。

三国时刘邵作著名的《三都赋》，其第一赋，就是赋赵都邯郸。

其实，邯郸最风光的时候，还不是汉朝，而是在这之前的战国时期。

此一时期七雄并立，战火连绵。

在七国中，秦国的军事实力最为强大。但在经济上，赵国却最为富庶。

邯郸的冶铁业十分发达，邯郸人郭纵靠冶铁起家。而仅这一个郭纵，就富比诸侯。

邯郸的商业交易十分兴旺，天下的商人争先恐后往邯郸跑，以至阳翟大商人吕不韦，在这儿投机政治，"奇货可居"，与秦始皇的父亲做成了一笔中国历史上非常有名的交易。

而西汉时轰动一时的司马相如与卓文君恋爱的故事，故事中的女主角卓氏，祖上就是邯郸的大商人，是在邯郸被秦国攻破之后才迁居蜀中的。

邯郸的政治重要性在战国时也无与伦比。

秦国是"虎狼之邦"，欲灭六国；六国之间，也是矛盾重重。

赵国地处中原的中心，是中原地区的交通枢纽，富庶殷实，军力强大。秦国把赵国看作横霸天下的主要障碍，处心积虑离间它和其他诸侯国家的关系，对它又打又拉；其他诸侯国家对赵国恩怨交结，却又把它看作抵抗强秦的主力，必与之联合、紧密联系。

于是，六国的使者、政客便络绎不绝地往来于邯郸道上，在邯郸运筹谋划，游说鼓噪，合纵连横，排难解纷。

若论涉及的政治事件发生率，和政治人物的活跃性，秦国的都城咸阳是远不及邯郸的。实际上，邯郸是当时中国的政治中心之一。

经济、政治的中心地位必然会反映到文化上。

摩肩接踵的商旅和络绎不绝的使者、政客，把各国各地的思想认识、风俗习惯、趣闻轶事、书面或口头的创作作品带到邯郸，每一时每一刻都在丰富着邯郸人的见识，激发着他们的创作灵感。

邯郸的文化繁荣在七国中当居首位，这从流传到今天的成语这一中国语言精粹中，就可以看出来。

除了前面提到的"奇货可居"，还有相当多的成语都产生自邯郸或牵涉到邯郸。

比如"纸上谈兵""完璧归赵""价值连城""负荆请罪""怒发冲冠""毛遂自荐""脱颖而出""盛气凌人""围魏救赵""胡

服骑射""旷日持久""不遗余力""弹丸之地""奉公守法""利令智昏"等等。

有人统计，仅仅战国时期在邯郸产生的成语就多达200余条。

这么多脍炙人口的成语都和一个城市有关，这在中国各城市中恐怕是非常罕见的。

在这些成语中，有一条成语"邯郸学步"，也反映了邯郸文化的中心地位——连邯郸人走路的姿势都被认为是天下最美的，都吸引别国的人来学习，可见邯郸文化在当时中国的影响力之大。

磁州窑不仅仅以邯郸地区为最重要的市场，它还是邯郸地区的一部分。邯郸地区在古代中国的中心地位，对磁州陶瓷的发展有着不容置疑的促进作用。

磁州窑的传统市场，还包括邯郸周围的河南北部、河北中部一带。

这些地区，都在太行山前的黄河下游冲积平原上。从远古到宋代，都属于中国经济最发达、人口最稠密的中心——所谓的中原地区。

磁州窑所在的磁州，在历史上曾划归河南北部的相州管辖。相州治所曾在今天的安阳市，商代称"殷"。

这些地区的经济状况和人口变化，也直接影响到磁州窑的发展。

磁州窑的窑火能够熊熊燃烧几千年，成为中国历史上北方最大的窑场，同它所处的有利位置和优越的市场条件密不可分。

6 从陶向瓷的惊艳一跃

陶与瓷虽然统称为陶瓷，但它们是不一样的东西。

陶的原料是普通的黏土。

陶器烧成的温度较低，多在1000摄氏度以下。

烧成后的陶器一般外观粗糙，坚硬度差，质地疏松多孔，吸水率高。

陶的化学性能也不好，不耐酸碱，甚至长期放在潮湿的环境中，也会潮解酥烂。

而瓷的原料是特殊的黏土——高岭土。

瓷器的烧成温度较高，一般在1200摄氏度以上。

在这样高的温度下，原料中的一些矿物成分发生了熔融、化合。因而，烧成后的瓷器不仅外观细腻致密，而且硬度高，吸水率低。

在瓷器的表面，往往还会涂覆一层玻璃质的釉，烧成后不仅进一步降低了吸水率，提高了耐酸碱腐蚀的能力，而且表面光滑润泽，美丽可人。

瓷器敲击起来，声音清脆悦耳，像金属，像乐器。

而陶器敲起来就难听多了，既涩又哑，没有余音，像乌鸦的叫声。

现在，人们的日用器皿，大多是美妙而又结实的瓷器。

只有砖瓦，或要求有一定透气性、透水性的专用器皿，如花盆、贮存粮食的瓦罐等，才会用陶器。

人类最先学会的是烧制陶器，尔后才是瓷器。从烧陶到烧瓷，是一次技术工艺水平跨度相当大的飞跃。

实现这个飞跃,难度是相当大的。

世界各地各民族,实现这个飞跃的时间并不一致。

中国最先实现了这个飞跃。

如果说我们现在还弄不清楚,是哪个民族在地球上最先烧制出陶器,那么,中国最先烧制出瓷器,从而获得"瓷器王国"的雅号,则是举世公认的。

在元代,来自世界另一文明发源地之一——古罗马的著名旅行家马可·波罗,在福建旅行看到中国人使用的瓷器时,竟认为这些精美细致、闪烁着光泽的器皿,是某种天然的贝壳。

他觉得,这样薄,这样美,这样光润的东西,人是制造不出来的,只有上帝才有这个本事。

他很惊讶。他不知道,中国早在南北朝时期就制造出了真正的瓷器。

也难怪,在马可·波罗的时代,欧洲人还都没有见过瓷器,还在使用砖瓦、花盆一样的陶碗,并且也还没有发明出勺子、叉子等吃饭的家伙,还在用手抓饭吃。

马可·波罗之后,随着造船和航海技术的进步,东西方的贸易交流渐渐增多,中国的瓷器开始登陆欧洲。

但由于最初跨越大洋的海上运输,是一桩极为冒险的事,欧洲一开始得到的中国瓷器,数量是非常有限的。

因此价格之高令人咋舌。只有皇室贵胄才能够得到它们,使用它们。

而贵族和其他上流社会阶层,能够拥有一两件来自中国的瓷器,便是莫大的荣耀。

16世纪后半叶,中国青瓷第一次出现在法国。那青翠欲滴、洁丽典雅的釉色,令酷爱艺术的法国人一见倾倒。

他们甚至不知道该如何称呼这种从未见过的、令人神迷的、既是日用品又是艺术品的东西。

当时，法国舞台上正在上演《牧羊女亚司泰来》，这出戏轰动城乡，风靡一时，深得人们喜爱。

爱屋及乌，剧中男主角雪拉同穿的衣衫的颜色，便也一夜之间成了法国的流行色。

中国瓷器闪烁的恰巧也是雪拉同衣衫的青色，只不过更水灵，更光鲜，更好看。

于是，情急之下，法国人便大呼中国青瓷为"雪拉同"，以表达他们的喜爱。

这样，中国青瓷在法国一出现，便获得了一个历史性的雅号。

在欧洲还有一个传说，说普鲁士国王腓特烈得到了几件中国瓷器，这使萨克森王国国王阿古斯特非常眼红。

为了获得几件令人迷醉的中国瓷器，阿古斯特竟然提出，要以一个团的骑兵为代价，与腓特烈交换。

在 16 世纪，说中国瓷器在欧洲价值连城，是不为过的。

瓷器的神秘、人们的喜爱、高昂的价格、巨大的商机，诱惑着欧洲人。

一些传教士来到中国，试图获得瓷器生产的秘密。一些科学家钻进实验室，用各种方法寻觅、试验瓷器原料的配方和制造技术。

终于，18 世纪初，也就是 300 多年前，聪明的德国人在迈森城堡中，建造了第一座瓷器窑场，宣告欧洲开始生产瓷器。

18 世纪后期，丹麦药剂师默勒创办了该国第一家瓷厂，仿造中国青花瓷。

后来，丹麦皇室接管了这座瓷厂，为它注入雄厚的发展和研究资金。现在，丹麦瓷器以质地精良、价格昂贵著名，在世界各地均有销售。

日本人生产瓷器的历史比欧洲早一些，但也仅仅早100年。

日本地瘠民贫，历史上长期处于愚昧落后状态。

公元前3世纪前后的中国战国时代，日本开始与中国交往。

日本人就像干燥的吸墨纸，一看到大陆的先进和文明，立刻开始如饥似渴地吸收和学习。

中国的制瓷技术最先传到朝鲜。日本古籍《书记》记载，大明七年，日本天皇派使臣到朝鲜，邀请中国瓷匠师数十人前往日本传授技艺。

大约是没有找到瓷土的原因，这次邀请没能使日本的制瓷业建立起来。

16世纪末，丰臣秀吉掌握了日本的军政大权。他提出三点计划：

首先，两年内灭掉朝鲜，把它作为进军亚洲的跳板。

其次，从第三年起，进军亚洲大陆，灭掉中国的明朝，把首都从日本海岛上迁到北京。

最后，征服中国后向南进军，灭掉印度，统一亚洲，从而称霸世界。

这个计划无异于蛇要吞掉大象，但对于日本这个地瘠民贫、偏居海中一列狭小岛屿上的国家，还是有很大的诱惑性。

1592年春，被贪婪狂妄烧得失去了理智的日本军阀迫不及待地开始实施计划，发动了侵略朝鲜的战争。

疯狂的日本武士从釜山登陆，很快攻克了汉城、平壤。

但是灭掉朝鲜并不像丰臣秀吉想象得那样简单，朝鲜爱国军民殊死抵抗，中国明王朝也出动军队支援作战，使日本军队损兵折将，受到沉重打击。

1598年，元气大伤的日本军队不得不撤出朝鲜，狼狈退回到日本列岛上去。

但是，穷凶极恶的日本武士在撤退时，不仅卷走了朝鲜大量的财富珍宝，还掳掠了大批的朝鲜陶瓷工匠（有资料说劫走的陶瓷工匠达一万人之多）。以至于日本史学家称这次侵略战争为"陶瓷战争"。

正是那些被掳掠走的朝鲜籍陶瓷工匠，使日本的陶瓷制造业在短时间内获得了突飞猛进的大发展。这是因为，18年后的1616年，朝鲜工匠李参平在有田泉山发现了白瓷土矿。

日本人写的《日本瓷器史》中说："当时，已从中国获得了钴，这次又发现了白瓷土矿，再加上陶瓷匠师的技术，条件兼备，由此诞生了日本最早的瓷器——伊万里烧。"

这是在17世纪初，距现在400年。

就是这样，也比中国晚了1000多年。

同欧洲不一样，日本的制瓷业没有经过漫长的情报搜集和实验室分析、探索阶段。

他们通过侵略战争，强盗般地掳掠熟练工匠、成熟的技术和配方以及现成的生产设备，一下子成了世界上的陶瓷生产强国。

17世纪中后期，他们甚至从中国手中夺去了欧洲陶瓷市场，沉重地打击了中国的制瓷业！

但是，日本军阀罪恶野蛮的抢掠，也不过只是把瓷器在日本出现的历史，比欧洲提前了100年而已。

毫无疑问，中国才是世界瓷器的原产地。

在地球各大洲，在联合国，一个英文单词"China"代表着中国。这个词的原意是瓷器，现在，这个单词已有了非凡的意义。

这是世界对中国作为瓷器原产地的认同，是对中国古代人民辉煌发明创造的认同，也是对中国为人类进步作出卓越贡献的高度认同。

已故全国人大常委会原副委员长严济慈先生，在参观"中国磁州窑陶瓷器展览"后留言道："在西文中，陶瓷与中国同一个字，我今日参观后，始明白其深远意义。"

距今3000多年前的中国商代，已烧制出了瓷器。

但这是原始瓷，还不是现代意义上的真正瓷器。从商代原始瓷到东汉末、南北朝时期真正的瓷器，中国也摸索了1000多年。

这是问心无愧的1000多年，是实实在在为人类文明作贡献的1000多年！

前文说过，在磁州向南30多千米的河南安阳市，有一处大型商代都城遗址，这就是闻名中外的殷墟，是3000年前中国奴隶制王朝商朝的统治中心。

自20世纪20年代末开始，人们在这里进行了20多次考古挖掘，除了前面提到的硬陶、白陶和釉陶等外，还发现了一些胎质灰白、质地坚硬、表面有绿色或酱色釉的陶瓷类器物。

器型以浅盘、细柄豆和罐子居多。

灰白色的胎坯，说明它的制造原料已不是普通的陶土。质地坚硬，说明其烧成温度很高。

在这样的瓷坯表面施有绿或酱色釉，以提高器物的化学物理性能，降低吸水率，这样产生的窑器已不能再称作陶器，它们已符合瓷器的定义，已属于瓷器的范畴。

但是殷墟出土的瓷器，原料的纯净度不高，釉料与坯体结合不紧，烧成火候也不够高，以致在地下掩埋长久后存在脱瓷、潮解、酥烂现象。

陶瓷研究工作者们把这种瓷器叫作原始瓷。

这样的瓷器，后来又有发现。

1975 年，在江西清江吴城商代遗址出土一件浅盘高足豆，高 13.5 厘米，口径 14.6 厘米，底径 9.6 厘米。该豆胎质灰黄，硬度很高，器表光亮细腻，施有深褐色釉。

据测定，这是公元前 16 世纪的产物，也就是距今 3500 年前。

1974 年，山西夏县东下冯夏商代遗址出土一批原始瓷器片。据测定，该遗址是生活在距今 3500 年至 3900 年前的人留下的。

1953 年，河南郑州二里岗商城遗址出土一批原始瓷片、瓷器。其中一典型器物为青黄釉瓷尊。器口为喇叭状，无肩，深腹束腰，底部有外撇的圈足。胎体坚硬，器内外施青黄色釉，胎与釉结合紧密，质量较好。

该商城是商代中期、定都殷以前的都城，距今也在 3300 年前。

现在，考古工作者在我国南至广东、北至河北的广袤大地上，已经发现了许许多多商代的原始瓷器。

这些瓷器尽管原料处理和坯泥炼制比较粗糙，胎料中含的杂质多，釉层厚薄不均，有露胎流釉现象，但它们的原料都不再是普通陶土，而是采用了专门烧瓷用的高岭土，烧成温度都在 1000 摄氏度以上，而且瓷器表面都挂有玻璃质的釉。

　　由于质量还达不到真瓷的标准，它们还属于原始瓷器。但根据前面所说的瓷器与陶器的区别，它们已经是瓷器无疑了。

　　地球人类没有满足于只使用陶盆、陶碗，他们在不断摸索、进取，创造更新更好的东西，走向更灿烂的文明。

　　远在3000多年前的中国商代人，凭借自己的经验和智慧，在改进陶器的同时，迈上了瓷器制作的门槛，开始向玉一般光润、石一般坚硬的现代瓷进军。

　　终于，最迟在南北朝时期，中国人走过了从陶到瓷的原始瓷阶段，以远比日、欧早1000多年的领先跨度，实现了陶瓷史上的飞跃。

7 碗神的传说

在邯郸峰峰矿区彭城镇西十几千米的太行深山中，有一条南北向的大峡谷。

大峡谷中有一座名叫青碗窑的山村。

山村中有一座碗神庙，庙里供奉着一位叫张铁汉的碗神。

碗神庙虽不大，却是河北省的重点文物保护单位。

而提起张铁汉，青碗窑村里的人都是一脸的敬仰。

相传，张铁汉不是本地人氏。

他的父亲因反抗官府被逮捕杀害。他的母亲气急攻心，一口气没有喘过来，也倒地而亡。

官府不肯罢休，还要斩草除根。仓皇中，张铁汉带着妻子儿女逃离家乡，来到了这里。

当时已近日暮。这一带山峦高耸，树林茂密，野兽出没，人烟稀少，一派荒凉。

拐过一个山嘴，他们看到一座道观掩映在林木中，急忙过去借宿。

好心的老道长收留了他们。

半夜里，张铁汉做了一个梦。梦见正殿里供奉的神像活了，开口说话了。

神像走过来指点着他说："你明天一早就去观东的山坡上放马，那儿有许多金鱼在水中游乐。你要是觉得有用，就把它们打捞上来吧。"

张铁汉很惊奇，正要追问，神像返身回正殿去了。

张铁汉醒来后再也睡不着，觉得这个梦很有意味。天刚麻麻亮，他就起身牵马到观东去察看。

他把马放到山坡上的草丛中，任它自由自在地吃草，自己去找金鱼。但找来找去，连个鱼苗苗也没有看到。

正纳闷时，那马忽然蹬塌了一处地堰。他怕马摔着，赶快过去牵马，发现垮塌的土层中，露出大片又黏、又白、又光滑的瓷土矿。

他抠出来一把捏了捏，觉得同他老家的瓷土矿没有什么差别。

原来，张家世代以烧瓷为生，对烧瓷原料很是熟悉。张铁汉看着又白又黏的瓷土，心里感慨万端。

回到观里，他对老道长说了夜里的梦和今天早晨的发现。老道长很高兴，说那你就烧制瓷器吧。这一带森林茂密，不缺燃料。

既然神祇给你指了条生路，那你一家就不妨留下，道观可以借给你几间房子住。

于是，张铁汉谢过道长，在观东的山坡上垒起一个小碗窑，带领全家人起早贪黑，砍伐树木，开采瓷土，和泥制坯，开始烧制瓷器。

很快，第一批瓷碗出了窑。

由于瓷碗质量好，人们喜欢买，小碗窑越烧越兴旺。

张铁汉家的日子红火起来，不久他就把小碗窑改成了大碗窑。

渐渐地，又有许多穷苦百姓来到这里落户，山沟里慢慢出现了一个小村庄。

由于这个村是从张铁汉建窑烧制瓷碗开始的，而当时的碗都是青绿色的，人们便把自己的村子称为青碗窑。

为了纪念张铁汉开窑烧碗的功绩，人们把张铁汉尊为

"碗神"，并为他建了庙宇，塑了金身，世世代代烧香祭祀。

这是个民间传说。同所有古时候的中国民间传说一样，被人尊敬的人物总要被涂抹上一层神秘的光晕。张铁汉在青碗窑这个地方落脚，被传说成是经过了神仙的指点和帮助。

摒除这个光晕后我们看到，这个传说其实是一部朴实无华的贫苦瓷匠创业史，也是青碗窑村的建村史。

透过这个传说，我们还可以看到，青碗窑一带蕴藏有丰富的瓷土。青碗窑村是个瓷匠村，手工业村。人们在这儿建村，利用这儿的瓷土烧制瓷器，安身立命，非常合乎逻辑。

读这个传说，我们还注意到，这个窑场烧造的瓷器种类，以日常大量使用的碗、盘等居多。当时烧制的瓷器是青绿色的，村落因此被称作青碗窑。

考古发现，这儿确实有古窑址存在。

出土的瓷器也确实是青绿色的，以碗、盘类日用品居多。

剔除神秘的成分后，传说和事实是相符的。

在青碗窑西部1500米左右的地方，还有一个小村庄叫青碗河。

在青碗河村也发现了古时候的烧瓷窑址。

经过考古挖掘，青碗河村也出土了青绿色的古瓷片。

这就是说，两个相距这样近的村子，烧造同样的瓷器，应该是属于同一片窑场。

事实上，在宋朝，甚至在更早一些的隋、唐时代，青碗窑、青碗河所在的山谷，是个很有些规模的陶瓷生产窑场。

这个窑场同漳河畔的观台窑连在一起，是唐宋时磁州窑的中心窑场——观台窑的一部分。

可惜的是，因为是传说，人们还不能确定张铁汉来这里开窑烧瓷碗的确切年代。

而考古初步认为，青碗窑是元代遗留的窑址。

这只是初步认为，还应该继续挖掘考察。

不排除元代时的青碗窑还在烧制瓷器。但青碗窑的建成，恐怕不是从元代才开始的。

青碗窑周围的窑口都是宋以前的。

顺沟向南走1500米，有个大村落叫白土。

白土，可以烧瓷，瓷土就是白色的，这个村子大约是因为发现了蕴藏丰富的瓷土而得名。白土也有古窑址。

初步发掘认为，白土窑址在唐朝时就已经在烧造了。

沿现在已干涸的小河沟西上，离青碗窑5000米左右，有个村庄叫陶泉。

陶泉之所以得名，是有可供制陶的泉水涌出。泉被称为陶泉，也可见当时此地陶瓷业的发达。

离陶泉很近，几乎村与村相接，有个小村子叫申家沟。在这儿发现有隋唐时的陶瓷窑遗址。

在同一条山沟里，离青碗窑2500米的北边，有一个村子叫贾壁。

古时候的贾壁也烧青瓷碗。已故故宫博物院研究员冯先铭先生，在这个村子里发现了北齐时的窑址。

冯先铭先生是我国古陶瓷研究的权威，在古陶瓷研究领域享有极高声誉。

1959年，冯先铭先生来邯郸市峰峰矿区彭城镇一带考察，与陶瓷专家叶广城先生等一起骑自行车前往青碗窑村。

路过贾壁时，他们下车小憩，与村民们搭话。听村里人说，村南山坡上有个古陶窑，不知是哪朝哪代留下的。

冯先生知识渊博，思维敏捷，当即意识到这里可能会有有价值的东西，立刻起身去察看。

果然，在那个坍毁的窑址中，他随意拾起一片破瓷片，擦去尘土，发现竟是一片覆盖着青釉的瓷片！

这就是说，这座古窑窑火曾经熊熊燃烧过，烧制出来的是青瓷瓷器！

冯先生的这一发现，对磁州窑和中国北方陶瓷发展的研究，有着重大的意义。

那个时候，陶瓷研究界普遍认为，在中国北方，青瓷是隋唐时候才开始烧造的。

经考证，贾壁窑在南北朝的北齐时已开始烧造瓷器。出土的瓷器，以青瓷碗数量为最多。

冯先生的发现，把我国北方青瓷器的生产时间提前了一个世代。

青碗窑村以烧青瓷碗而得名，贾壁窑与它同处一条山谷，是邻村，也大量烧青瓷碗。贾壁窑是北齐时代的，南边、北边、西边紧紧相邻的其他村落的窑口都是唐朝以前开始烧造的，青碗窑怎么会独独晚到元代呢？

贾壁窑在北齐就大量烧造青瓷器，想来这条山谷不会寂寞荒凉。白土、申家沟后来也烧造，这条山谷恐怕更不会人烟稀少。

这与传说中张铁汉落脚时的景象也不符。——按传说中青碗窑出现时的景象，应该在贾壁、白土等窑场还没有出现时才对。

因为青碗窑以烧制青瓷碗得名，而青瓷碗在北方大量烧制的时代是隋唐以前。在这之后，才有了更好看的白瓷碗。

青瓷碗是真正的瓷器，是中国原始瓷器阶段结束后出现的第一种真正的瓷器。

我们已经知道，这种瓷器出现的年代，最迟在南北朝。

据陶瓷史研究，到了南北朝或更早一些的西晋甚至是东汉，中国的瓷器生产技术已臻成熟，生产的瓷器有许多已不再是原始瓷，而是现代意义上的真正的瓷了。

此时的瓷器用料已很讲究，不仅有专用瓷土——高岭土做原料，而且可对原料进行细致的过滤、淘洗、捏炼、陈腐，使坯泥更加洁净、细腻、致密。捏制的瓷坯可塑性好，不皱不裂不变形。

釉料的使用技术也提高了，不仅釉与胎体的结合十分紧密，而且很少再产生滴釉露胎现象。

而对瓷窑的改进，使得瓷器的烧成温度提高，窑内的温度分布均匀，烧成气氛改善。

这样，烧制出来的瓷器就质地坚硬，釉面光滑，吸水率很低，敲起来有金属般清脆的声音。

但是，这个时候的瓷器釉料，由于其中所含的铁质还不能被很好地控制，烧出的瓷器表面颜色便以绿黄、绿褐居多。

这就是陶瓷界所谓的青瓷。

西汉人邹阳写的《酒赋》中有"醪醴既成，绿瓷既启"句，就说明了这种情况。

翻译成现代语言，这句话的意思是：酒酿成了，绿色的瓷酒坛也打开了。

这是我们现在看到的、我国文献中最早出现"瓷"字的文献。

不知这一字是邹阳先生自造的还是西汉时知识界已在流传的。

但不管怎样，这个字的出现，都说明当时人们的生活中，绿色的瓷器已经不是很稀罕的日用品了。

到三国两晋时，这个字已被广泛使用，并被晋人吕忱收入《字林》一书中。

在这儿，我们必须提到，瓷器，在新中国统一文字使用标准以前，在漫长的历史时期，有时候也被写作"磁器"。

这不仅仅是因为两字读音一样，还因为磁州窑生产的瓷器之多，影响之大。

《辞源》上说："瓷器本谓磁州窑所出的瓷器，后也以瓷器为磁器。"

明朝学者谢肇淛的《五杂俎》一书说："今俗语窑器谓之磁器者，盖河南磁州窑出产最多，故相延名之。"

我们已经知道，磁州在历史上曾一度隶属于河南省。

就在谢肇淛写书的时候，人们几乎已经忘记了"瓷"字的写法，凡书写，都写作"磁器"。

大家若有兴趣，不妨翻翻明代的书籍典章。

磁州窑所产瓷器之多、之有名，竟然使人们把天下的瓷器都写作"磁器"，可见磁州窑的影响何等广泛，何等深刻！

日本、韩国这两个深受中国古代文化影响的国家，直到现在还把瓷器写作"磁器"。

好了，还是回到青瓷来——绿瓷。绿瓷在古时候更多地被称为青瓷。

邹阳所处时代的绿瓷——青瓷，可能还是原始瓷，只不过质量比较好，已经接近于真正的瓷器。

到了东汉，已经有了现代意义上的瓷器，尽管考古中有发现，但数量还是很少。

这就是说，整个汉代还只是摸到了瓷器时代的门槛，或者至多是迈进了一只脚。

一般认为，比较妥当的说法是，真正的青瓷——真正的瓷器，产生于南北朝时期。

我国南北方出土的这一时期文物中，才有了大批的青瓷瓷器。

由于考古资料的缺乏，我们尚不能知道，磁州窑在西汉至两晋时青瓷的生产情况。

但制陶是制瓷的基础，磁州窑所在地区的开发是那样早，硬陶、白陶、原始瓷制作都全国领先，青瓷的出现恐怕也不会落后。

磁州窑在南北朝及以后的隋、唐时期，考古资料比较丰富。

从这些资料我们可以得知，磁州窑的青瓷生产，仍然在国内占有重要地位。

1979 年，在磁县发掘的东魏茹茹公主墓遗址，出土了一些用于陪葬的青瓷瓷器。

这些瓷器的质量比较好，已经与现在人们所说的瓷器相当。其中一件青釉覆莲盖罐很有名，被定为国家一级文物。

这些瓷器的产地，据研究就是磁州本地。

而东魏，是南北朝时比北齐还要早的一个朝代。

贾壁青瓷碗，就是北齐时烧造的。

建立青碗窑的张铁汉之所以被人们尊崇为"碗神"，恐怕重要的一条原因是他烧制碗烧得好。

"碗神"烧制的青碗是什么样子我们不知道。与青碗窑同处同一条山沟的贾壁窑村，出土文物中的青瓷碗数量占比却最大。

贾壁人烧制的青瓷碗直口深腹，胎质厚重，胎色灰白，碗心有三个支钉，实足外撇，口微内收。碗里碗外通施青釉，碗外青釉没有施抹到底。

就是以今天的眼光看，如果不考虑釉色稍显简单、没有花纹装饰，这种碗也是蛮结实蛮漂亮的。

1975年9月，在磁县东槐树村发掘的北齐皇族高润墓，出土了17件青瓷器，其中有4件是青瓷碗。

从碗的器型、施釉等特征看，与贾壁窑出土的碗如出一炉。毫无疑问，陪葬高润的碗就是贾壁窑的产品。

由此我们看到，贾壁窑烧造的碗不仅为民间广为喜爱，还进入了皇室贵族的厅堂。

贾壁的青碗造得这样好，张铁汉被尊为"碗神"，他的出名应该是在邻村的碗烧成以前。

都是烧造青瓷碗，按逻辑说，张铁汉是"碗神"，他创建的村子因烧青瓷碗好而得名，应该是贾壁从青碗窑处学的造碗工艺，并且在这个基础上又有创新和提高。

不过，无论怎样，青碗窑、贾壁、青碗河，还有白土、申家沟，这些村子都处在同一条山沟里，这儿应该是一个矿脉相连、窑窑相望的窑场。谁造的碗好，都是这条山谷的荣誉。

高润墓出土的瓷器中还有几件珍品。

青釉覆莲盖罐、龙柄鸡首壶均为大型青瓷器，或雕刻或雕塑，把实用性和美观巧妙地融为一体。而所施的青釉光洁润泽，如翡翠似美玉，表现出了很高的生产技术和雕塑艺术水平。

据考证，这是当时的临水窑所产。

临水窑，也是磁州窑的一部分。

这个窑的窑址，在今天紧邻彭城镇东的临水村，距贾壁窑、青碗窑仅十几千米。傍着滏阳河，水运方便。

这个窑同贾壁窑同时起烧，也烧青瓷。

1948年，河北景县封氏墓出土了一批青瓷器，其中4件青釉仰覆莲花尊，造型雄伟，装饰瑰丽，堪称国宝。

据考证，这些青瓷，包括珍贵的莲花尊，也是临水窑的产物。

在这儿提醒一句，文物收藏爱好者们，请注意尊上的莲花造型。

南北朝时期，中国北方长期战乱，社会动荡不安，人心思定。各地军阀频繁地改朝换代，并没有给人们带来和平安定的生活。

于是人们纷纷信佛，祈求菩萨救苦救难。

这是中华各民族大融合的时期，也是佛教文化在中国北方大发展的时期。这样，瓷器器物的造型和装饰，便带有了佛教的特点。

莲花花纹多起来了。

莲花是佛的化身。青釉仰覆莲花尊用多层仰覆莲花瓣装饰，整体形似盛开的莲花，显示出佛教的神圣与庄严。

把莲花造型同瓷器结合，花瓣的摆放适合器物形状的特点，这是多么巧妙的构思！

这让我们又想起来磁山遗址8000年前的鸟头形陶盂支架。

在陶瓷器的烧造过程中，磁州窑艺人的高超技术时时处处都在闪光！

读到这里，读者可能还有一个疑问：景县远离磁州，这里墓中的瓷器怎么会是磁州窑的产品呢？

原来，墓主封子绘是北齐重臣，死于北齐京都邺城，归葬于原籍景县。

墓中随葬品当是从邺城带回来的。邺城城址在今临漳县，是磁县的邻县，相距仅十几千米。

从封子绘的墓葬，我们不能不惊叹磁州窑在青瓷时代的制造技艺水平。

造瓷技艺如此，难怪青瓷碗就造得好了。

不过，中国的青瓷，特别是北方的青瓷，毕竟只是真正的瓷器刚刚出现那个初级阶段的事。随着时间的推移，青瓷阶段是会结束的。

我们说过，南北朝时候的瓷器大都是青绿色、青褐色的，这是制瓷匠师们还不能控制釉原料中的铁元素含量的缘故。

此时的青瓷虽然也被称为青瓷，但同元代以后的青瓷是不可同日而语的。

元代及元代以后的青瓷，正确的称呼应该是青花瓷。这是一种白釉白胎的白瓷。

这种所谓的青瓷——青花瓷，是在细腻洁白的瓷胎上，用蓝色的矿物颜料绘制出花纹，然后覆盖上无色透明的釉料烧成。这就是法国人称呼的"雪拉同"，德国诸侯要用骑兵团交换的瓷器。

南北朝时期的瓷器虽然已是真正的瓷器，显然还达不到那样的标准。

青花瓷的出现，需要白瓷胎和白釉做基础。没有雪白的瓷胎和白到透明的釉料制作技术，是不可能制作出青花瓷及其他色彩艳丽的瓷器的。

值得注意的是，考古发现，南北朝时磁州窑所产的瓷器，已开始在磁胎上施用白化妆土。

这是磁州窑工匠们的一个重大发明创造！

这个创造在中国陶瓷史上有着深远意义。不仅影响到了今天，还影响到了朝鲜半岛和日本列岛。

有了这个发明创造，北方的青瓷阶段结束得比南方要早。

釉色绿黄、绿褐的瓷器，比陶器固然漂亮了千百倍，但是人们是不断进取的，他们不满足于这一单调的颜色，渴望制造出五彩缤纷、色调斑斓的瓷器。

也许是江南地区山清水秀，草木榛榛，一年四季都是绿色，人们形成了习惯于青绿的心理状态，南方的瓷器，很长一段时期是在青绿色的基础上发展起来的。

南方的工匠千方百计使瓷器上的青绿釉色，变得更浓更深，变得如深深的绿水，如幽幽的森林，如苍古的青石。

他们做到了。

唐朝诗人陆龟蒙赞叹当时越窑的青瓷说："九秋风露越窑开，夺得千峰翠色来。"越窑青瓷把千峰翠色都夺来了，这是何等的美丽！

然而，正因为如此，青瓷时代却在南方得到延长。人们普遍认为，一直延续到了唐代末期，甚至宋代初。当然，这样也使得青瓷在秀美的南方获得了长足的发展。

北方的平原一望无际，北方的大山粗犷雄浑，北方的河水一泻千里。

这样的地理环境，造就了北方人真诚坦白、豪爽慷慨的性格。

加上冬季漫长，到处是质朴、素洁的皑皑白雪。白色，大自然中最常见、最简单，同时也是最圣洁的白色，成了北方各族人民崇尚的颜色。

怎样把釉色中的青绿降淡，怎样把瓷色变白，一直是北方陶瓷工匠不懈的追求。

然而北方缺乏纯净细腻的优质高岭土，而控制釉原料中的铁元素含量，在缺乏现代物理、化学知识的古代，也是个天大的难题。

北方人民并不缺乏坚毅和聪明，他们能够创造出磁山文化，能够烧制出优质的陶器和原始瓷器，也一定能够在自己创制白瓷的追求中不断进步。

有道是"苦心人，天不负"，在现有考古资料中，我们看到了这一进步。

在减少釉料中铁元素含量方面，距磁州30余千米的河南安阳市，发掘北齐武平六年（575年）下葬的范粹墓时，出土的白瓷四系罐等瓷器，给出了一个让人们惊喜的答案。

墓中的白瓷四系罐等瓷器，釉层薄而均匀，釉色呈乳白色，虽然还闪烁有淡淡的黄或青色，但是白色釉已确凿无疑了。

经过研究，陶器专家们认为，北齐时的北方工匠已找到了控制釉中铁元素的方法：他们对釉原料精细加工，通过细碾细轧，多次淘洗、漂取，减少了釉原料中的铁元素，使得釉色变白或透明。

釉的绿色虽然去除了，但由于高岭土成分不纯、制出的瓷坯不白，烧出的瓷器也不会是素洁的白色。这个问题怎么解决呢？

前面提到，磁县北齐皇族高润的墓葬中，有4件青瓷碗出土。在这4件青瓷碗中，有两件在坯面上施用了白化妆土。

在年代稍晚的临水窑窑址出土的百余件青瓷碗中，有一半以上也在瓷坯上施用了白化妆土。

施用化妆土，就是将当地瓷土制成的瓷坯，用白色的原料粉浆在表面涂一遍，给瓷坯化化妆。

这就像女士们在脸上施粉，为了使皮肤变白。

施抹了化妆土的瓷坯干燥后，再罩上透明釉或白色釉进行烧制。这就掩饰了瓷土粗劣、瓷坯发灰发暗的不足，增加了瓷器的白度。

还在南北朝时期，中国的白瓷生产技术已经在北方应用成功了！

磁州窑的能工巧匠们，就这样烧制出了白瓷，为中国陶瓷品种的丰富和生产工艺技术水平的进步，作出了不朽的贡献。

也从此时起，施用化妆土成了磁州窑瓷器的一大特点。

如果有很好的瓷土矿，使瓷胎天生丽质，那是完全可以省去使用化妆土这一程序的。那样，中国出现白瓷的时间也许会更早一些。

可惜，北方缺乏纯净细腻的高岭土。磁州窑的工匠们不得不处心积虑、千方百计寻觅解决方法。

施用化妆土还有其他好处。日本陶瓷专家认为，施用了化妆土的瓷器，是一种微微发黄的象牙白色，属于暖色调，有一种质朴的、让人感觉舒服的美。

更重要的是，施用了化妆土，有了这层颜色，为磁州窑的工匠在上面剔、刻、划、绘提供了条件，中国瓷器丰富的装饰技法由此奠定了基础！

在江南瓷窑的工匠们还在绿色上做文章，使绿色变得更可爱时，磁州窑的工匠已经完成了无色釉的研制，创造了施用白化妆土的工艺技法，开始烧制白瓷。

南北朝时，白瓷碗在中国北方出现了。到了元代，以白瓷碗为基础的青花瓷碗或其他装饰花纹的碗，已经在中国大行其道。人们当然更喜欢这种碗，这样，只能烧造青瓷碗的人是不可能再被尊称为"碗神"了。

青碗窑开始烧制青瓷碗的时代，是不是应该再进行深入探索呢？

大唐盛世，也是中国陶瓷生产技术飞快进步的时代。

天下的统一，使中国社会获得了较长时间稳健发展的机会。

疆域的辽阔，不仅使南方、北方的文化经济交流方便起来，也使中原有机会见识西域和更远的波斯、印度的科技、文化。

而唐太宗以"与民休息，发展生产"为核心内容的"贞观之治"，更是给中国生产力，包括陶瓷行业生产力的飞快发展，创造了良好的环境。

除去这些大的有利因素，唐朝实行的一项政策，尤其直接促进了中国瓷器生产的发展。

这要从陶瓷的使用对象说起。

在远古的时候，甚至到了"三皇五帝"、尧舜禹时代，中国社会没有阶级，人群不分贵贱。虽然在劳动和与自然界的斗争中，有了行业、职责的分工，但这只是分工的不同。

整个社会基本上实行的还是有食同吃、有衣同穿、有福同享、有难同当的原始共产主义制度。

没有谁认为自己比其他人天生高贵，享有的社会地位应该比别人高几分几寸。

这个时候的陶器是为整个社会生产的，天下人皆可用陶器。

黄帝和炎帝，尧、舜和大禹，都同部族里的其他男男女女、老老少少一样，用这种泥巴烧制的玩意儿吃饭喝水、洗脸洗脚。

大家都觉得这种或红或黑，一敲就发出老鸹叫般

声音的玩意儿，使得生活变得真方便，幸福感爆棚。

治水的大禹去世，禹的儿子建立夏朝，中国社会进入私有制时代，社会开始出现贫富分化。

有权势的人"以权谋私"，利用权势把公共财产据为己有。

甚至不惜巧取豪夺，损人利己，把别人的私有财产也贪婪地夺取到自己手中。

很快，这些没有道德文明、野蛮残忍的豪强，把别人的性命、子女也夺过来，收为奴隶。自己则成为奴隶主，掌控别人的命运，生杀予夺，强制、驱使别人为自己谋取财富和利益。

中国从此进入最黑暗、最无人道的奴隶社会。

这些骑在奴隶身上，把奴隶当作牲畜的奴隶主，自然不愿意再同奴隶共享同样的生活器具，他们要显摆自己的"高贵"。

他们不再使用一般的陶器。他们使用精美昂贵的石器（玉器）、木器，甚至将奴隶的头骨做成饮食器。

当人类能够冶炼金属，用金属制作器皿的时候，他们又大量使用金银器、青铜器。

由于奴隶的一再反抗，奴隶社会逐渐趋于崩溃。中国自春秋时代开始，逐步进入封建社会。

封建社会依然是个阶级社会。

"普天之下，莫非王土，率海之滨，莫非王臣"，在统治者的眼中，天下是皇帝家的，天下百姓的一切也属于皇帝所有，百姓应该被皇帝驱使。

国家，国家，国与家一体，家就是国，国就是家。尊贵无比的皇帝选派官吏为自己管理百姓，这些官吏比皇帝低贱，但比百姓尊贵，他们被称为"大人"，为百姓的"父母"。

皇帝上朝，要用鞭子挥舞三下（所谓"金鞭三响"）。官吏管理百姓，也叫作"牧民"——像管理牲畜一样地管理人民。

这些依然豪横、专制的"尊贵"们，自然也要处处显示出不同于"百姓""草民"的气派。

他们的日常生活，要成群的奴仆来服侍。

他们外出，要乘坐许多人抬的大轿。抬轿子的人越多，意味着官位就越高。

他们吃饭、喝水、洗漱，虽然不再使用人头骨做成的碗，开化、文明了许多，但除此之外的用具还是承袭了奴隶主的"雅传"：使用玉器、木器（漆器）、金银器、铜器。

"钟鸣鼎食""金樽美酒""珍馐玉盘"，就是这些"天子""大人"们饮食器具的写照。

只不过，随着社会生产力的进步，制作器皿的青铜改成了红铜、黄铜。

不必讳言，在奴隶社会和封建社会里，统治者和上层豪强、社会上的富裕家庭，也使用一些陶器和瓷器。

但他们征用和选购优良的陶瓷器，主要是做祭祀用的礼器或陪葬用的明器，使用数量很少。

上古各个朝代的帝王和贵族墓中都有一些精美的硬质陶器、白陶及原始瓷器出土，但更多的是铜器、玉器，这便是例证。

在日常生活中，也不排除使用少量优质陶器的可能。

《史记·廉颇蔺相如列传》记载，渑池会上，秦王戏弄赵王，蔺相如怒不可遏，捧一缶走上前去说，听说秦王善击缶，请王敲几下听听。

秦王见蔺相如怒目圆睁，满脸激愤，一副要拼命的样子，有些害怕，不得不敲了几下。

于是蔺相如回头对跟随赵王的史官说，请记下来，某年某月某日，秦王为赵王击缶。

蔺相如就这样激昂慷慨，有勇有智，在外交场合维护了赵国的尊严，被司马迁记录到了史册上。

在这段记载里的缶，就是瓦盆。

通过这段记载，我们看到，在战国时期，就是两国诸侯相会这样的高级外交宴会，也是用瓦盆盛的酒。

要不然，蔺相如一时间到哪儿去找那么现成的东西？

当然，话说回来，用瓦盆是迫不得已。如果能够用更好的东西，诸侯们是不会用有损身价的瓦器的。

东晋时的陶渊明，出身于小地主家庭，他的母亲为培养他成材，节衣缩食，家里使用的陶器很粗糙，这竟然成为千古美谈。

到了强盛的唐代，情况发生了变化。

中国古代，甚至到近代，一直使用铜铸货币进行市场交易。

唐代由于经济发达，人口增加，铸造铜钱的数量激增，社会上铜的储备一时紧张起来。

特别是，由于唐朝的强大和富裕，唐朝的铜币也成了其他国家与地区和唐朝进行贸易交流的"硬通货"，这就像今天国际贸易中，把美元作为国际货币使用一样。

铜钱外流，更进一步加剧了社会上铜的紧缺。所有的因素叠加起来，在这个时候，形成了中国铜"不周于用"的局面。

唐朝为解决这一问题颁布了一项政策，禁止官民人等在日常生活中再使用铜器，以节省下铜用于铸钱。

这就是历史上唐代的"铜器之禁"。

朝廷有令，贵族官宦、缙绅豪富不敢再用铜器，只好转而用瓷器。于是，天下的瓷器消费一下子增加了许多。

中国的瓷器生产，第一次受到官方政策的刺激，出现"利好"形势。

瓷器销量大增，瓷窑的生产规模一扩再扩。而社会上层对瓷器的美观雅致，也提出了更多更高的要求，这又刺激了瓷器生产工艺技术的快速提升。

恰在此时前后，磁州北面的太行山麓发现了优质的高岭土矿，与磁州窑相距几十千米的邢台、内邱等地也建起了窑场，开始利用成熟的生产技术生产白瓷。

这个窑场，就是中国唐代的名窑——邢窑。

中国北方缺乏优质的瓷土矿，但不是说一点儿也没有。一旦发现，由于人们已经拥有了高超的制瓷技术，是立刻就能够生产出高级瓷器的。

邢窑就是利用优质高岭土做原料发展起来的。而此时，釉中的铁质也已经能被人为控制，釉色不再呈现绿黄或绿褐，因此，邢窑的产品是天生丽质，从胎到釉都是洁白如玉，是真正的白瓷。

据研究，其白度达到了70％以上，已与现代的高级细瓷产品相差无几。

这在一千三四百年前的唐代，该是何等的受欢迎啊！

邢窑白瓷一上市就受到人们追捧，有人赞誉它"类银类雪"，可见邢窑白瓷的漂亮和名贵！

邢窑很快誉满天下，成为中国历史上的一代名窑，产品和浙江上虞的越窑青瓷并行于世，形成了唐时瓷器"南青北白"的基本格局。

磁州窑的白瓷是施用了化妆土的白瓷，就胎体细腻和瓷器白度来说，是无法和邢窑白瓷相比拟的。

但磁州窑的窑场并没有因身边出现了邢窑而由此萎缩，相反，还更加兴旺起来。

此时的磁州窑烧造中心，已转移至现在邯郸市磁县的观台镇一带。

根据已知的考古资料看，观台窑场的范围要比贾壁窑大得多。

这个窑场不仅包括漳河两岸的十几个村落，方圆几十里，还包括贾壁窑、青碗窑所在的那条山谷中的白土等窑口。

此时，贾壁窑已歇窑停产。

是瓷土矿资源枯竭？还是气候干旱，水源出了问题？或者是隋唐之际的战争破坏，造成了人亡窑毁？这也是历史众多的哑谜之一，现在还不清楚。

不过，不管怎样，此时的磁州窑生产规模并未收缩，反而扩大了。

观台镇位于漳河边上，水运条件很好，可以很方便地把产品运往河北平原、黄淮平原和山东西部、南部村镇密集的地方，有着广阔的市场空间。

邢窑的白瓷好是好，可是价格昂贵，不是一般老百姓敢于问津的。它的名声很大，消费者却只局限在豪门贵族、富贾大家。它并没有夺去磁州窑的市场。

相反，由于人口增加、经济发展以及朝廷的政策拉动，磁州窑的市场越来越兴旺。

此时磁州窑的另一部分窑场——临水窑场，也还在烧造。

临水窑场位于海河水系的滏阳河畔，运输条件也很好。

从观台窑场和临水窑场出土的瓷器和瓷片看，唐代磁州窑的工匠们在施用化妆土的工艺基础上，又有了创新。

他们在瓷坯上施用化妆土和釉，但不施用到底，在碗、罐、坛、钵等圈足或底部，故意露出胎体。

这样烧成后，瓷器上部白亮，下部灰暗，上部光滑，下部粗糙，形成颜色和触觉的鲜明对比。而粗糙的瓷器底部，使得易碎的瓷器放在桌上、几上不易滑动，稳稳当当。

这种瓷器既有一种粗犷的美感，又十分实用。

前面提到的贾壁窑和高润墓出土的碗也有这种工艺特点。到了唐代只不过不再是青瓷碗，而是白瓷碗。

在此基础上，磁州窑的工匠们还在施用了白化妆土的瓷坯上或划或刮或剔，形成露出瓷胎本体的花纹，然后罩釉。

烧成以后，划、刮、剔形成的花纹呈灰白色，而没有划、剔、刮处，颜色则为亮白色。但因都是白色，反差不大，对比柔和，显得很是淡雅。

这样的装饰技法，是磁州窑所独有的，为磁州窑其他装饰技法的产生奠定了基础。

这样的瓷器，集实用性和观赏性于一身，已是真正的工艺品，很受人们欢迎。

聪明的磁州窑人在原料不好、邢窑产品名声大噪的不利条件下，反而充分利用了原料的本色，扬长避短，因势创新，因而扩大了生产。

磁州窑的窑火在"南青北白"的夹缝中，熊熊燃烧着，还是很明亮。

号外！巨鹿故城发现了宝贝

巨鹿镇坐落在邯郸市的东北方向，相距70余千米。

远古时，巨鹿镇一带是有名的大沼泽。漳河、滏阳河以及其他从太行山里流出的河流注入这里，水势连绵，芦苇丛生，烟气浩渺。

由于接近黄土高原，且气候多暴雨，太行山水土流失严重。商周时，此地虽淤为平地，但地势仍十分低洼。

秦末，这里发生了一次著名的战争。

秦朝严刑苛法，赋税沉重，徭役无度，百姓苦不堪言。陈胜、吴广揭竿而起，天下燃起熊熊的造反烈火。秦王朝不得不派兵应对，秦将章邯率雄师围困住巨鹿城，反秦义军中的一支处于情势危急之中。

项羽引兵来救，在渡过漳河后，"皆沉船，破釜甑，烧庐舍，持三日粮，以示士卒必死，无一还心"。于是秦兵大败，起义军打胜了灭秦战争中最关键的一仗。

此举不仅让项羽声动天下，成为各路义军的首领，由此还产生了一个成语——破釜沉舟。

而巨鹿，也因此名垂青史。

司马迁《史记》中所说的"釜甑"，就是陶土做的锅和水罐。秦末时的军队，是用陶锅、瓦罐做饮食器物的。

可悲的是，项羽破釜沉舟1300多年后，这里发生了一幕罗马庞培城式的悲剧。

巨鹿在顷刻间被埋掉了。

所不同的是，制造庞培城悲剧的是火神，而制造巨鹿悲剧的是水鬼。

这是北宋大观二年——也就是公元1108年秋天的事。

已经入秋了，潮湿闷热的天气还不肯爽快地退出华北。终于，一场持续多日的大暴雨降临了。

太行山中的洪水从千沟万壑中冲出来，汹涌地扑入漳河、滏阳河，又冲决堤坝，溢出河床，扑向平坦的太行山前大平原，向低洼处冲去。

浑浊的洪水中携带的巨量泥沙，淹没了平原上的沟沟洼洼，太行山前瞬间便茫茫一片。

建筑在地势低洼处的巨鹿城被漫天而来的大水一下子吞没了。

大雨停了，洪水渐渐退去。但世界已不再是原来的样子。存在了1000多年的繁华古城巨鹿，消失了。

平坦的大地上，有一座高塔的一部分露出地面。有人认出，这是原巨鹿城中的标志性建筑——三明寺。

星移斗转，又是800年过去了。

北宋时的淤泥早已变成硬土，三明寺在硬土上被重新修建起来，巨鹿城在硬土上也被重新修建起来。但这是另一个三明寺、另一个巨鹿城。

当人们把地下那个西楚霸王时就有了名气的巨鹿城完全忘到脑后的时候，不经意间，一场迫不得已的挖掘，又使掩埋在地下的房舍街道展现在了蓝天之下。

这是开始于1918年的挖掘。

辛亥革命胜利了，人们剪掉了那根清朝统治者强迫蓄留的辫子，从身体到内心都感到一阵轻松。

但是，农村里的经济并没有发生什么大的改观，人们照样日出而作，日落而息，靠天吃饭，完税纳粮。

所不同的是，来收税的不再是穿着臃肿官服的清朝官吏，而是民国税务人员了。

这一年烈日炎炎，旱魃逞威，从春到夏，没有见过几片乌云。大大小小的河流干涸了，农田龟裂开纵横交错的口子。眼见又是一个灾荒年份，人们求雨不灵，只好自己谋划生路。

巨鹿镇的一些农民合伙打井，期望能够从地下挖出救命的水来，救活庄稼，也救活自己。干硬的黄土一筐筐挖出来，聚集着太多眼光的井一尺尺深了下去。

已经一丈多深了，人们还没有看到有一滴甘泉涌出来。这地下到底有没有水？还要费钱费力地挖多深呢？谁也不知道。

人们有些失望，但还是不停地挖啊挖。正当人们满腔焦虑不断升腾的时候，铁锨"咔"的一声挖出了一件瓷器。

人们捡起来，擦一擦：这是一件白地黑花的瓷器。这么深的地方怎么会有瓷器呢？大家你看看我，我看看你，停顿了一瞬，又挖了起来。

这一挖，人们吃惊了，甚至害怕了：深深的地层下，竟然掩埋着那么多的瓷器，还有铁器、漆器……这是怎么回事？难道挖井挖到古墓了吗？

人们找来有文化的教书先生。老先生一遍遍地打量着深深的井筒，一遍遍端详挖出来的坛坛罐罐、钉耙镢头，忽然，他心里闪过民间关于水淹巨鹿城的传说。

"这是……挖到了地下的那座城？"老先生沉吟。

"哪座城？什么城？"人们茫然。

但是很快，头脑活络的人领悟了，并且眼睛亮起来。

眼下是民国，早听跑买卖的人说过，北京、天津的古董市场很繁荣。挖到了古巨鹿城，那古董还少得了吗？

天呀，挖井挖到了金山上！

饥渴的农民疯狂了，贪婪的心疯狂了，整个巨鹿城中的人都停止了手中的活儿，开始"发掘考古"。

当时的中国，根本就没有明确和完善的保护文物的法令。自鸦片战争以后，许多欧美和日本人怀着淘金的目的，涌到这个古老的国度，开始对咱们祖宗留下的宝贝进行疯狂掠夺。

中国的文人雅士、富商巨贾，很多都有收藏古物的雅好。但大多数人的收藏都是名人字画、古玩玉器，对地下的随葬品不愿染指，认为不吉利。

外国淘金者不怕这个，胆子贼大，不管古董是否陪伴过死人，不管来自阳间阴间，一概都要。这对中国的文物买卖是个巨大的刺激，一时间文物价格飞涨。

巨鹿镇农民挖掘出古董的消息不胫而走，国内外的文物贩子如苍蝇闻到血腥，立刻纷纷赶到了这儿。

这更刺激了没有活路、又没有多少文化和觉悟的农民们，大家纷纷在自己的院里、田里和街道上挖掘起来。一时间，巨鹿镇到处是挖沟掘坑的人群。

这个挖掘持续了两年，深藏在地下的文物被源源不断地挖了出来，卖到了文物贩子的手里，换来可怜的几枚"袁大头"。

与罗马庞培古城重见天日的遭遇不同，巨鹿故城遗址在无序挖掘的过程中遭到了巨大破坏，这是十分令人痛心的。

1920年，天津博物院的研究人员赶到了巨鹿，对巨鹿出土的部分文物进行了调查研究，并将这次调查研究的结果写出来，出版了《钜鹿宋器丛录》一书。

1921年，中国历史博物馆的研究人员在巨鹿故城的三明寺附近进行了正式发掘。《骨董琐记》一书，生动地记载了这次挖掘过程。

考古研究人员重点挖掘了残存的两座地下宅院。人们看到，这两座宅院埋在地下3米多深的地方，房屋内筑有土炕，房间里摆放有做工粗糙的桌椅。

桌子上放着完好无损的碗、盘等日用器皿，生活气息浓郁。仿佛在告诉人们，宋朝时的先人们就是这样生活的，他们刚刚离开不久。

中国历史博物馆的这次发掘，使人们知道了北宋时北方人民住宅的建筑样式、家具和日常使用的器皿，从而大体知道了当时人们的社会生活样貌，具有重要的历史意义。

可惜的是，只挖掘了两座宅院。

巨鹿农民卖给文物贩子的文物，很快就流传到了北京、上海和广州。其中宋代陶瓷器品种数量之多，器物之精美，令人惊叹不已。洋人们一掷千金，将珍贵的坛坛罐罐抢购到手，带往国外。

这次文物大规模的流失，令人叹惋。然而，由此带来的一个意想不到的结果是，掀起了国际上至今不衰的磁州窑研究热。

在这之前，人们——包括中国人，都不知道在中国古代的北方，还曾有过这样一个庞大的民间窑场。

国际上的研究热潮，也推动了国内学术界对磁州窑的研究。通过这些研究，我们知道了北宋时磁州窑的发展情况。

北宋是中国瓷器生产技术发展的一个重要时代。

瓷器生产在北宋的大发展，有许多原因。

在此之前的五代时期，由于自唐代开始市场上的铜金属供不应求的状况还在持续，而民间为铸造佛像和日用器皿，也还常常把铜钱聚集起来销毁熔化，这就更加剧了流通中铜钱的匮乏，使得统治者不得不再次下令禁用铜器。

《资治通鉴·后周纪三》载，世宗显德二年（955年），因民间多销钱为器皿及佛像，钱益少，皇帝诏命立监采铜铸钱。"自非县官法物、军器及寺观钟磬钹铎之类听留外，自余民间铜器、佛像，五十日内悉令输官，给其直；过期隐匿不输，五斤以上其罪死，不及者论刑有差。"

注意这道诏命的规定：家里有铜器隐匿不交的，数量达到5斤就要处死罪，达不到5斤的，按数额判处不同的刑罚。

这是何等严酷的法令！家里有5斤铜器就要被处以死刑！看来，铜器是不能再用了。

皇帝的严令，进一步促进了瓷器的广泛使用。

由于封建社会生产关系的不断完善，生产技术水平的不断提高，我国人口数量在北宋及以后女真人建立的金朝时增长很快。

根据有关史书记载的户数折算，两汉时我国人口为5000多万，盛唐开元天宝年间达6000多万。进入宋朝，宋仁宗时人口与盛唐相等，到徽宗大观四年（1110年），人口已超过1亿！

而据地方志记载，金代时，磁州境内的人口数和垦田亩数更是远超过了北宋末年。

我们知道，北宋是中国历史上疆域最狭小的一个朝代，拥有的国土面积尚不及汉唐时的一半。就在这么狭小的国土上，人口数竟达到了汉、唐的一倍，那么整个中国境内的人口数就可想而知了。

人口的大幅度增加，也刺激了瓷器的生产。

北宋时，陶瓷产业空前发达，新的瓷种不断涌现，"南青北白"的格局被打破。老的陶瓷生产基地扩大生产规模，新的陶瓷窑口不断涌现，其中有许多声名鹊起。

当时中国有五大名窑之说。除哥窑位于江南，中原一带有官窑、汝窑、均窑、定窑四大窑口。另外，陕西的耀州窑虽不在五大名窑之列，产品却也誉满华夏。

官窑指的是北宋时开封的官窑及南宋时杭州的修内司官窑、郊坛下官窑。北宋官窑地处黄泛区，由于洪水泛滥，当年的窑址现在已无处寻觅。南宋官窑留有丰富的实证。官窑为官府开办，产品不得上市买卖。

官窑瓷器釉色有的蓝中带灰，有的带粉青色、米黄色。这种瓷器具有三大特征：一是厚釉薄胎。二是因采用含铁量较高的瓷土制胎，故胎色呈紫黑。沿口釉薄使胎色隐隐显出，呈紫色；足部不上釉，铁色胎骨外露，这种特征被称为"紫口铁足"。三是瓷器因烧制时故意让温度波动，通身釉层产生冰片状裂纹，即所谓的"大开片"。

汝窑是宋徽宗时为皇家烧造御用宫中之器的窑口，烧造时间很短，产品数量极少。窑址在今河南宝丰县清凉寺，宋时属汝州，由此得名。

汝窑瓷器器型简单，但质量很好，生产上不计成本。釉色温润柔和，在半无光状态下看上去犹如羊脂玉，并取定窑、越窑的装饰技法，形成独特的艺术风格。

汝窑瓷器具有五大特征：一是釉色为天蓝色或粉青色，因宋徽宗从道教及绘画审美角度出发而崇尚天青色，往往是以玛瑙磨成粉来制作釉，二是胎质细洁如香灰，三是釉面带有细裂纹开片，四是圈足包釉，五是有"芝麻点"。

汝窑瓷器由于生产时间短，产品数量少，生产时不计成本，所以产品极为珍贵，现在全世界仅存约 100 件。

钧窑位于河南禹州市神垕镇。古时禹县称钧州，故名境内的瓷窑为钧窑。钧窑瓷器在釉中加入了氧化铜，形成乳浊状，所以釉很厚，底足处往往标有数字，是进入宫廷的重要标志。

钧窑产品器型以碗盘为多，但以花盆最为出色。该窑产品以釉色取胜。利用釉料中的矿物元素在烧造过程中的化学变化，呈现出神秘的色彩。当地窑工所谓的"入窑一色，出窑万彩"，即是说的这种变化。古人有诗赞叹该窑瓷器的釉色："峡谷飞瀑鬼丝缕，夕阳紫翠忽成岚。"

该窑瓷器的特点是胎重、釉厚、色彩丰富。主要品种有天青、月白、海棠红和玫瑰紫四种，釉色有的如蔚蓝的天青色，有的天青与紫红相间，有的似晚霞一片，有的如雨后彩虹，有的姹紫嫣红，绚丽之极，光彩夺目。

钧窑产品主要为宫廷生产，价格昂贵，当时即有"家有金钱万贯，不如钧瓷一件"的说法。物以稀为贵。由于钧窑的烧制温度非常高且难以控制，有时候辛辛苦苦烧了一窑，却没能烧出一件完整的工艺品，所以珍贵，所以传世不多。钧窑的温度控制技术直到 21 世纪才有了实质突破。

定窑因其窑址在河北曲阳，宋时属定州，故得名定窑。唐朝时在这一带发现了高级白瓷土矿，遂开始建窑烧造。宋朝时最兴盛，金朝时因原料开采殆尽，废弃。

它是继唐代邢窑后兴起的另一个名满天下的白瓷名窑。所产白瓷白中带有牙黄。因采用覆烧的工艺，器物边沿上无釉，产生"芒口"，不能被选进宫廷。为弥补这个缺点，有锵金匠在烧成的器物的边沿上用金、银、铜片包口。定窑以装饰工艺取胜，这在宋代很突出。工艺有刻花、印花、透雕、刻划等。

哥窑窑址在浙江处州，相传为章姓兄弟所建。哥哥章生一建的窑口称"哥窑"，弟弟章生二的窑口称"弟窑"。

哥窑瓷器一般器型不大，多为文房用品。主要特征是釉面裂纹开片，这也是故意为之。与官窑不同的是，它的瓷器釉面裂纹比较细碎，被称为鱼子纹、蟹爪纹，也有的被称为"百圾碎"。釉色有粉青、米色，釉中出现大小不一的气泡，瓷胎呈黑褐色，口缘显出一道褐色边，也称为"紫口铁足"。

此时的磁州窑由于生产的不是御用瓷，没有士大夫为其作传，更没有人写诗歌颂它的产品，甚至，如果不是后来人们发现了巨鹿故城，它甚至连个名字也不会有。

但考古资料显示，它仍在红红火火、源源不断地生产着日用瓷，随着生产规模的扩大，工艺水平又有了新的提高。

根据考古资料，此时的磁州窑有临水、彭城和观台三大主要窑场。这三大窑场相距不远，同时烧制生产。其中地处漳河两岸的观台窑场规模最为宏大。

观台窑场是目前我国保存最为完好的宋金元代的古窑址之一，新中国成立后曾进行过多次考古发掘和研究。

仅 1987 年春夏时的发掘，就出土数十万片古瓷片，发现 9 座瓷窑址，其中 5 座保存相当完好。发现用于加工瓷器原料的大型石碾槽 1 座，各种完整的，或可复原的瓷器达 3000 件。

这次发掘的面积并不大，只有探方、探沟 12 个，挖掘面积共计 480 平方米。

在这样小的面积上有如此多的发现，可见其当时的窑口密度和生产规模之大！

从巨鹿故城以及其他遗址出土的瓷器上，釉面粘有一些煤灰渣疵点分析，此时的磁州窑，烧制瓷器的燃料已改用煤炭。

磁州窑的窑址基本都位于煤层之上。这一带原本就是个优质煤蕴藏丰富的大煤田——现在的峰峰矿区，就是邯郸市矿井林立的一个大煤矿区。

而磁州窑的瓷土——当地叫大青土、二青土等原料，也基本和煤层相伴相生。已发掘的观台窑场中的观台窑，旁边就是一座宋代开采的煤矿遗址。

中国早就有用煤做生活燃料的记录。北宋时，煤的使用技术已趋成熟。磁州窑用煤做制瓷的燃料，不仅提高了烧制温度，提高了瓷器的硬度和质量，还降低了生产成本。

当然，使用煤做燃料，磁州窑的窑炉要做相应的改造。观台窑址的窑炉遗迹显示了这一点。

使用煤做燃料，磁州窑应该是中国各窑口中最早的，是陶瓷史上陶瓷生产技术发展的一个里程碑，标志着中国陶瓷生产已正式进入了烧煤的时代。

从巨鹿出土的宋代瓷器以及以后出土的金代瓷器可以看到，磁州窑瓷器在装饰技法上又有了新的花样。

此时的磁州窑工匠创造了白地黑剔花装饰。这种技法是在瓷器坯胎上施两层化妆土：一层是白化妆土，待半干燥后再施一层黑色浆料。

施用后，迅速剔掉所需花纹以外或者以内的黑色浆料层，露出白化妆土，然后罩上透明釉入窑烧成。

这种装饰技法能够造成一种黑白对比强烈，使花纹更突出，类似浮雕一般的效果。

这种技法要求工匠具有很高的技艺。它不像过去的白地剔花，而是剔掉白化妆土露出瓷胎。那样就是剔得深一些，把瓷胎剔去一层，仍然无伤大雅。

白地黑剔花只能在半干的白化妆土上飞快地施一层黑浆料，然后趁浆料未干迅速画出花纹、花草虫兽人物等，接着便是飞快地剔去花纹外或内的黑色浆料层，恰到好处地露出白化妆土。

剔得浅则露不出白色，剔得深会把薄薄的白化妆土剔掉，其工艺难度非常之大，所以用这种技法装饰的瓷器价格昂贵。

就是在科学技术发达、陶瓷行业从业员工文化素质普遍提高的今天，这种技法的运用也是非常困难的。

日本出光美术馆珍藏的白地黑剔缠枝牡丹叶形枕，东京国立博物馆珍藏的白地黑剔缠枝牡丹纹梅瓶等，都是磁州窑或仿磁州窑瓷器中价值连城的宝贝。

白地黑剔花装饰技法的产生，直接催生了白地剔褐黄花、白地剔划填黑、白地剔刻填白等技法，极大地丰富了磁州窑瓷器上的花纹装饰品类，这是当时中国其他各窑场产品都不具备的。

在这里必须着重提到的是，由白地黑剔花技艺衍生的另一重要装饰技法——白地黑绘花，或称白地黑花、白地黑绘。

20世纪80年代初，在墨西哥首都墨西哥城举办的世界文化大会上，我国文化部部长朱穆之将白地黑花梅瓶作为礼物送给了东道国墨西哥的总统。

现在，这尊代表中国人民心意的、具有很高欣赏价值和工艺水平的黑花梅瓶，已永久陈列在墨西哥国家博物馆中。

朱穆之部长赠送给墨西哥总统的礼品，就是现代磁州窑的仿古产品。

这种白地黑花装饰技法，是在白地黑剔花技法基础上产生的。

前面说过，白地黑剔花装饰虽然很好看，但其工艺复杂，很难掌握。不仅对画师的技艺水平要求很高，而且在生产中产生的残次品也多。同时，由于剔刻的限制，制成速度慢，不适宜大批量生产。

磁州窑的产品主要是民用产品，以满足广大民众的日常需求为目的，因此，发展一种易于掌握、成功率高但瓷器装饰效果仍然大体等同于白地黑剔花，并且加工速度要大幅度加快的新技法，就成了磁州窑瓷器生产工艺追求的必然。

白地黑花装饰技艺就是这种追求的结果。

聪慧的磁州窑人在白地黑剔花工艺基础上，实现了不再在瓷胎上普遍施用黑色浆料、从而再剔除的加工方法。他们用弹性好、吸水性强的毛笔，蘸上黑色或其他颜色的浆料，直接在覆盖了白化妆土的瓷胎上写字作画，然后罩上透明釉烧制。

这样就产生了白地黑花这种新装饰技法。

这种装饰工艺效果不错，适合大批量生产。但是，仍然要求匠师们必须具有很好的绘画写字功力。

因为瓷胎不是纸，其吸水性强，并且表面粗涩不光滑，运笔稍慢，黑或其他颜色的矿物浆料便会被瓷胎吸附过多，形成洇染、颜色不均、线条厚薄粗细不等等现象。

同时，化妆土和瓷胎土也会被颜料浆汁溶湿浮起，同颜料浆汁拌和，使颜料浆汁变得暗淡甚至很脏。

而瓷胎已是半成品，画得不好又不能像废纸一样毫不可惜地扔掉。因此要求画师必须技艺纯熟并且胸有成竹，起笔便要一挥而就。

在瓷器制造史上应该大书一笔的是,这种一挥而就的瓷器字画装饰,不仅适应了磁州窑大批量生产的要求,而且造成了一种有陶瓷以来从未有过的特殊装饰效果:质朴、洒脱、豪放、自由。

这同当时以苏轼、米芾为首的文人们所倡导的以"意趣"取胜,追求"意兴"和"意味",使书法绘画艺术品"形神兼备"、充满"诗情画意"的主张相合拍。

这样一来,磁州窑具有写意水墨画一样风味的白地黑花装饰瓷器,一上市便受到各阶层人士的欢迎。

而白地黑花装饰技法,很快也便成了北宋时中国南北各窑场竞相学习、仿效的先进工艺。

有专家评论说,白地黑花"是磁州窑最主要的装饰方法,具有传统水墨画的艺术效果,将中国传统的绘画书法技艺与制瓷工艺结合起来,形成了新的综合艺术,开拓了陶瓷美学新境界,并为以后青花、五彩等彩绘瓷器的发展开辟了道路,具有划时代的意义"。

日本著名中国陶瓷艺术研究家佐藤雅彦在《论磁州窑》一文中说:"迄今人们了解的宋瓷中,可以联想到磁州窑使用毛笔彩绘的技法是独占鳌头的。"

"在中国陶瓷中,磁州窑陶瓷也许是日本人最喜爱的,这是由于磁州窑制品充盈着一种珍罕古朴的气息。"

"磁州窑的气韵,就在于其制作风格很娴熟的活泼性。生产磁州窑风格制品的窑场,同定窑或汝窑之类的御用瓷厂不同,它是专门烧造民间日用陶瓷的纯粹民窑,因此,常以大批量生产为宗旨,在技术上表现得很熟练,也很流畅活泼。"

"磁州窑制品很令人轻松舒展,带给欣赏者一种舒畅的亲切感,这也可以说是它尤其为喜欢手工艺品的日本人所喜爱的缘由吧。"

白地黑花或白地黑绘技法对世界各地陶瓷业的影响也很大,许多国家的陶瓷都采用这种装饰工艺。在朝鲜,这种技法被称作"铁锈花"。

白地黑花装饰技法出现时,人们掌握的矿物颜料还很少,只有黑和黑红两三种色。当人们找到能够呈现其他颜色的矿物颜料时,白地黑花装饰技法立刻派生出白地彩绘技法。

最早出现的白地彩绘技法是红绿彩技法。佐藤雅彦认为:"磁州窑生产的硬质绿彩陶瓷在世界上也是最早的。"

人们一般认为红绿彩装饰技法始于宋代,这种说法是不精确的。

因为北宋被金灭亡后,中国出现了金据北方、南宋偏安南方、金和南宋南北对峙的一个特殊时代。

"山外青山楼外楼,西湖歌舞几时休?暖风熏得游人醉,直把杭州做汴州。"莫被暖风醺醉,杭州就是杭州,汴州就是汴州。根据考古资料分析,当时的江南并无红绿彩瓷,只有金国统治的北方才有。

1964年发掘观台窑窑址时,出土了两口大铁锅,现收藏于邯郸市峰峰矿区文物保管所。人们断定,它们就是熬制红绿彩颜料的工具。

因此,应当准确地说,红绿彩绘装饰技法是南宋和金国对峙时期,中国北方陶瓷发展的产物。

至此,磁州窑的陶瓷装饰技法已经十分丰富和完善了。有人将其归纳为三十几种,还有人认为更多。

现代世界各国琳琅满目的瓷器,其装饰也无非是或者直接使用磁州窑这样那样的技法,或者是在磁州窑技法的基础上综合运用或做些小改进。

但抽茧剥丝，溯源寻根，我们看到，国家不同、民族有异，但其陶瓷装饰仍然没有跳出磁州窑在宋、金及以前时期创造的基本装饰技法种类。

磁州窑，成了中国和世界瓷器技法的源泉和输出地。

全国政协原副主席、一代文化宗师赵朴初，为此为磁州窑题词："艺术弘千载，光彩耀四方。"

巨鹿故城遗址让人们知道了，北宋时期的中国有一个窑火熊熊的磁州窑。

考古发掘向世界显示，宋金时期磁州窑对人类陶瓷发展，作出了怎样辉煌的贡献。

日本著名陶瓷研究专家长谷部乐尔著文说："磁州窑，尤其是宋代磁州窑，因其器型、纹样之美，深受世界上陶瓷爱好者喜爱。世界上名声显赫的博物馆，凡有东方艺术品陈列的，无一不陈列一两件精美的磁州窑产品。"

在某届莱比锡世界博览会上，一位观众在留言簿上写下了衷心的赞语："彭城磁厂仿古黑花瓷的那种挺拔、流利的线条组成的纹饰，与陈列的其他纤细华丽的产品相比，更显出它的质朴可爱。"

在彭城镇富田窑遗址的作坊旁，我看到了一座神龛。神龛中端坐着一位着官袍玉带的神祇塑像。专家说，这是窑神柏灵的神像。

据说，柏灵是晋朝永和年间人，原籍彭城西部的贾壁村，窑匠出身，烧造瓷器技艺高超，又乐于教给窑工，因此很受窑工们爱戴，去世后成神，宋朝时被追封为德应侯。

千百年来，窑匠们烧造瓷器前，总是要向柏灵上香叩首，求他保佑烧造成功。

彭城镇曾出土过一件元代白地黑彩元宝形枕，枕上书有一首赞扬柏灵功绩的《西江月》词。

词曰："自从轩辕之后，柏灵立下磁窑。于民间阎最清高，用尽博士技巧。宽池拆澄尘细，诸般器盒能烧。四方客人尽来掏，件件儿变作经钞。"

这阕词填得不甚精致工整，看来不是出自名士文豪之手。首先它很流畅地讲述了制瓷历史，颂扬了柏灵的功业。然后，简单描述一下瓷器生产的情况，最后很自豪地告诉人们：磁州窑烧造的瓷器很受世间欢迎，以至于四面八方的商贩（客人）都来掏（淘）买，一件件瓷器就这样变成了钞票。

从这阕词的语气看，应当是宋朝时的作品，在窑场一辈辈流传下来。到元代，有彭城窑的窑匠挥笔把它写在瓷枕上，罩釉烧制，成了一件记载磁州窑工匠们衷心感谢窑神功德的不朽文物。

柏灵可能实有其人。但"立下瓷窑"创烧瓷器，却不是一人一时的功绩。它经历了从商到汉、从原始瓷到青瓷的漫长探索过程。

在南方窑系，供奉的窑神是一位姓童的窑匠，不是柏灵。

不过应当肯定的是，从磁州窑窑工们虔诚地敬奉、拥戴看，柏灵可能不是个一般的窑工。他或者聪明过人，创新能力很强，对提高磁州窑瓷器工艺技术作出过较大贡献，人们敬奉他，就像北方木匠们供奉鲁班一样。

或者他善于归纳总结，集古代烧瓷技术于一身，在磁州窑场广泛传艺授徒，对普及和传播制瓷技术起了很大作用。人们敬奉他，就像儒生们膜拜办学授徒的孔夫子一样。

不论怎样，看来柏灵都是古代窑工们心目中一位杰出的人物。至晚在宋代，在朝廷追封他以前，磁州窑的工匠们已经把他当作神了。

值得注意的是，敬奉柏灵为窑神的，在中国并非只有磁州窑一家窑场。

我国古陶瓷专家陈万里先生，在20世纪50年代初，于河南修武县当阳峪发现一块石碑，碑文记述了此地窑匠是怎样为祭祀窑神柏灵建庙立碑的。

此后，他又发现，在河南、陕西、山西、甘肃等地的许多古窑场遗址，都有供奉柏灵的庙宇、石碑或地方志文字记载。

这些刻在石上、记在纸上或流传在人们口头上的柏灵，虽然籍贯不大一致，但姓名和事迹都差不多，都是像远古时教人们种庄稼的炎帝、教人们养蚕做衣服的嫘祖一样的神仙，教人们制造陶瓷用具。

陈万里先生的发现，让人们意识到，在中国北方，广泛散布于各个省份的陶瓷窑场彼此间并不孤立，而是有联系的，互相影响着，以至形成了共同的文化。

以后的考古发掘，又一步步给人们展示，这些敬奉同一个窑神的古代窑口,生产的瓷器都是相同的,或者在某个历史阶段是相同的。

它们生产的瓷器都同磁州窑产品一样,以当地的瓷土为原料,施用白化妆土掩盖瓷坯的灰暗粗糙,然后在其上或刻或划,或剔或填,或白地黑绘,或白地彩绘,纹饰技法丰富,风格粗犷质朴,豪放洒脱,具有一种和中国传统艺术合拍的意趣。

这些瓷器也都像磁州窑产品一样,为满足民间百姓的生活需求而生产,都是人民生活中离不开的碗、盘、盆、罐、坛、钵、瓷枕、瓷灯盏等。

进一步的研究还让人们弄清楚了,同磁州窑一样,生产这些瓷器的窑口都是自生自灭、以市场为衣食父母的民窑,它们有着共同的价值观,什么赚钱生产什么,什么器型和纹饰受欢迎生产什么。大家互相模仿,彼此借鉴,以至于连窑神窑祖都拜同一个。

由于竞争,由于市场的变迁,这些窑口的寿命长短不齐。

有的上马快下马也快,只烧制了几十年便成了废墟。有的基础较好,应时应世,成了一方的传统产业,赓续长达千年,在中国陶瓷发展的历史中,忽闪忽闪地发出璀璨的光芒。

由于有这么多的共同点,中外专家们认为,这些窑场应该划为同一个系列。

在所有这一系列的窑场中,磁州窑历史最悠久,规模最大,影响最深远。于是,国内外的古陶瓷研究学界,把生产同一风格产品的这些窑口统统归纳为磁州窑类,命名为磁州窑系。

磁州窑系主要分布在北方,有十多个产区、上千个窑场,以绵延千里的太行山两侧山麓最为密集。

现在发现的主要窑场有鹤壁窑、当阳峪窑、禹州扒村窑、密县窑、介休窑、霍窑、耀州窑等。

鹤壁窑位于河南省鹤壁市以北 10 千米处，窑址分布在汤河与淇河两岸，规模较大。但其生产状况同磁州窑一样，中国的历史文献中很少予以记载。

1954 年河南省文物工作队普查时发现了这片窑址，1963 年进行了考古挖掘。

挖掘资料显示，该窑口于唐代晚期建窑，开始烧造瓷器，在北宋、金朝时窑火最旺，元代时窑火熄灭成了废墟。其烧造寿命同磁州观台窑差不多，都为 500 年左右。

鹤壁窑场出土的瓷器和瓷片具有磁州窑产品的典型特征。民用瓷居多，施白化妆土，装饰技法有白地黑花、白釉刻花、褐釉划花及剔花等等，但产品质量明显不如磁州窑的，胎质粗松，多含砂粒，气孔较多，釉色不够细润，吸水性较强。

当阳峪窑位于河南修武县城西北约 22 千米处的当阳峪村。因距焦作市区较近，也称焦作窑。

该窑址位于山谷中，附近有丰富的瓷土和煤炭资源。创烧于唐代，北宋徽宗时规模最盛，有上百户以制瓷为业的人家。

金兵入侵时这里是战场。发生过北宋军队与金兵的激战，窑场遭到破坏。战事消弭，金朝在中国北部立国后，窑场有所恢复，但气势已不如以前。元时开始衰落，并迅速熄火停烧。

当阳峪窑的产品也以日用瓷为主，施白化妆土，绘有黑花或刻划花，技法同磁州窑相似。该窑兴盛虽然与"五大名窑"同时代，但也从未有封建文人肯花费一点点笔墨，以致在文章典籍中湮灭无闻。

1933年，在焦作煤矿任职的瑞典人卡尔贝克和英国人司瓦洛，偶然发现了窑址，并出钱雇人挖掘，在此基础上整理研究发表了《关于焦作陶瓷的记录》一文。

此文问世后，人们才知道中国古代还曾有过一个当阳峪窑。由于是外国人写的关于中国瓷窑的文章，引起了人们的注意。挖掘出的瓷片流入北平古董市场，成了抢手货。

当地农民听说后开始大肆无序挖掘，古窑场遭到严重破坏。由于这个原因，传世的瓷器瓷片很少，且相当一部分流往国外。

就国内能够见到的部分收藏品看，当阳峪窑场生产的瓷器，在磁州窑系各窑场中无论质量还是装饰，均属上乘。

它生产的白釉黑彩器物，白如凝脂，黑似刷漆，纹饰流畅洒脱，即使与宋代官窑作品相比也毫不逊色。

它生产的绞胎瓷名动天下，纹理如行云流水，妙不可言。当阳峪是当时中国生产此类瓷器的最大窑场。

禹州市扒村窑是宋代磁州窑系的又一个重要瓷场，它位于河南省禹州市西北约13千米处。

古窑址在1950年冬被发现。经过考古调查研究，人们才知道了它的烧造年代和生产品种。扒村窑于唐代立窑，明代毁弃，生产延续达600年之久。

禹州是我国北方地区重要产瓷地域，境内古窑场很多，宋代五大名窑之一的钧窑就位于这里的神垕镇。但史籍官只青睐给皇帝生产玩物的钧窑，对遍布全县的民窑却熟视无睹。

禹州扒村窑装饰技法受磁州窑影响较大：瓷土粗糙，粗料细作，施化妆土，饰以生动有趣、令人叹赏的图纹，烧造出的器皿丰富多彩。

它的大部分产品都供民用，在明代也曾为宫廷烧造过盛酒、盛醋的粗瓷器。其出土瓷器以白地黑花装饰居多，构图严谨繁密，白釉黑花折沿大盆和酱釉褐彩虎形枕是流传藏品中的典型代表。

白釉黑花折沿大盆，可用来洗菜，也可洗脸洗手，曾在禹州白沙守墓的壁画上出现过，可见宋朝时是老百姓普遍使用的器皿。

酱釉褐彩虎形枕是一个呈卧虎形状的瓷枕，虎身上的酱釉彩和虎背（枕面）上的白釉黑彩浑然一体，十分和谐，无论瓷器造型或瓷器装饰，都富有欣赏价值。

密县窑位于河南省密县的西关、窑沟等处，建窑在唐代。进入北宋，正值中国陶瓷业开始大发展时，它却熄火废弃了。寿命不长，很是可惜。

密县窑虽然烧造历史短促，但对磁州窑系装饰技法的丰富却贡献不少。

邻县的传统手工业是金银首饰制作，那些挑着担子到密县来走村串镇的首饰匠人，对密县窑的瓷器装饰工艺有不小影响。

密县窑的窑匠们尝试着像首饰匠在金银首饰上錾出花纹装饰一样，用芦管、竹管或金属管在瓷胎表面戳出密密麻麻的圆圈纹饰，创造出了所谓珍珠地划花装饰技法，随之在磁州窑系内各窑场迅速传播开来。

密县窑也是民窑，主要产品是施化妆土的白瓷，也是我国唐代生产白瓷的一处大窑场。宋初熄火前，仍以白瓷生产为主，但也有了白地黑花装饰的产品。

在河南，重要的磁州窑系大窑场还有登封窑、安阳窑、辉县窑、巩县窑、荥阳窑、鲁山段店窑、新安城关窑、郏县黄道窑、内乡邓州窑等。

位于太行山西侧的山西，煤炭资源丰富，瓷土蕴藏量可观，因而在古代地方性窑场多因资源丰富而建，大都属于磁州窑系。特别是省内中、南部一带的窑场，生产的瓷器均呈现磁州窑系风格。

介休窑位于今介休市洪山镇，是在山西境内发现的最早的一处古窑址。据研究，该窑场立窑于北宋，延烧至金、元、明、清，历数代千年之久，为我国北方瓷窑寿命最为绵长的耆宿之一。

介休窑早期烧制白瓷，中期受磁州窑的影响，开始烧制具有磁州窑风格的瓷器：施白化妆土，剔或划花，罩透明釉烧成。也有白地黑绘或称白地黑花的产品，但绘花的颜料是红色的，烧成后呈现的是白地红花，很是漂亮和别致，是介休窑的绝佳之作，也是磁州窑系的上乘之作。

该窑的黑釉剔花装饰瓷器也很受人们欢迎。在大面积的黑色块上，剔刻出洁白的线条，给人以粗犷刚毅的感觉，颇具阳刚之美。

霍窑位于今霍州市南7千米处的白龙镇陈村一带。金朝时建窑，元朝时最兴盛，明清时还在大量生产。

产于该窑附近的瓷土细腻洁白，所以产品以白瓷为大宗。元代以后受磁州窑影响，开始生产白地黑花瓷器。其明代磁州窑风格的产品被中外博物馆和私人广泛收藏。

壶关窑应位于山西省长治市壶关县程村一带，但至今尚未找到壶关窑窑址。

据世界各国博物馆收藏的藏品看，壶关窑的产品多为呈磁州窑风格的白地黑花大酒坛，有的达1米之高。产品花纹美丽，其上的题字很有意思，不仅题有壶关程村某匠人造字样，还有许多赞美酒香酒好的句子。

如"此酒填平闷海，推倒愁山"，"阳壁登家酥，开潭（坛）十里香"，"隔壁王家醉，开坛十里香，闻香须下马，知味且廷（停）车"，"老坛、水白、美味、香甜"，"铜金刚三杯腿软，铁罗汉两盏头低"，等等。

根据藏品看，该窑最早烧于明代中期，清初停火废弃，史书未有任何记载。现在推测，该窑窑址被破坏严重，恐难以找到，或者已不存在。

山西比较典型的磁州窑系窑场还有平定窑、高平窑、八义镇窑等。

磁州窑在山东、安徽和东北地区、西北地区的影响也很大。

根据发掘出土的产品分析，属于磁州窑系的窑场有山东淄博磁村窑、德州窑、中陈郝窑等，安徽白土镇窑、萧县窑等，辽宁辽阳江官屯窑，宁夏灵武窑等。

江西吉州窑也属于磁州窑系。吉州窑位于吉安永和镇，立窑于五代时期，元代末年熄火。

《中国陶瓷史》认为："吉州窑烧制的白地釉下彩绘装饰品种就其体系来说，是属于磁州窑系的。"

远居江南的吉州窑怎么会生产磁州窑系的产品呢？

古陶瓷专家冯先铭先生考证有关资料后指出："吉州窑受磁州窑的影响，釉下彩绘瓷器属于磁州窑系。有极大可能在靖康之变以后，磁州窑部分窑工南迁江西，把釉下彩绘技法带到了永和镇。"

北宋末年，战乱频繁，繁华的黄河下游平原惨遭荼毒。北方人民为避战乱，又一次大规模南逃，把许多行当的生产技术带到了南方。

在陶瓷生产方面，南方虽然优质瓷土原料储藏丰厚，但装饰技法不如北方，瓷器釉色单调，纹饰种类较少。当地北宋时代墓中出土的瓷器，基本上看不到彩绘瓷。

北方人民避乱南迁后，此时墓中的陪葬品有了许多本地烧制的、北方磁州窑风格的瓷器，这个变化，应当是一个非常明显的例证。

吉州窑在南宋时兴盛起来，成了极负盛名的江南民窑。它把磁州窑技法同本地的优质瓷、优质釉相结合，生产的白地彩绘瓷器，其风格既有北方的粗犷潇洒，又有南方的细致柔媚，盆盆碗碗，坛坛罐罐，很受各阶层人士欢迎。

用瓷渣堆和俗语写成的历史

村口有只獾，

尾巴扫着天，

麦秸吃一垛，

井水喝个干。

这是一个谜语，打一物。

这个谜语广泛流传于邯郸市峰峰矿区的彭城镇一带。

你能猜到这个谜语的答案吗？

当我胡乱猜一通，人们大笑着告诉我这一物是什么的时候，我觉得，这个谜语编得巧妙形象极了。

这个谜语的谜底是烧制瓷器的窑。

獾是华北地区常见的一种野生杂食动物，大似猪仔，肥胖臃肿，其油脂可用于治疗烧伤，毛色黑白相间，尾巴蓬松，常常竖起，就像一把北方农村土炕头上常见的笤帚。

人们把蹲伏在村口的瓷窑比作"獾"。这只巨大的"獾"冒着黑黑的烟柱，却生产着洁白的瓷器。那烟柱排云而上，随风摇来摆去，就像獾高高竖起来的大尾巴，不慌不忙地在明朗的天空跳着优雅或俗见的舞蹈。

这"獾"好胃口，麦秸能够吃下一垛，井水可以喝下一井筒子——我们已经知道，古时候烧制瓷器，用的燃料是树木杂草，而漂洗炼制瓷土、制成泥坯，则需要大量的水。

在赞叹这个谜语编得好时，我忽然又想到，这个谜语产生的年代恐怕已经很久很久了。

起码应该在北宋以前。

因为，在北宋中后期，磁州窑烧造瓷器已经不再用麦秸，而是改用煤做燃料了。

当我把这个忽然冒出来的想法告诉陶瓷专家赵立春先生时，他愣了一下，随即便同意地点点头。

赵立春是峰峰矿区文保所所长，是一位对磁州窑很有研究的青年学者，写过许多颇有见地的文章。

他还很有组织能力和社会活动能力，是峰峰矿区文化领域里一位名声赫赫的人物。我在峰峰矿区采访，区文化局就委派他全程陪同我。

彭城镇距前面提到的临水窑场很近，只隔着一座小山，是一个四面环山的小盆地。

这个镇坐落在滏阳河源头，水运条件很好，顺水而下，可以抵达北京、天津，还可以出海到东北、山东，远及朝鲜、日本。

在这个镇周围堆积着如山的古代窑渣、瓷片，高十几米，长达数十千米。

但这些令人叹为观止的堆积还只是冰山一角。窑渣、瓷片埋在地下的部分有多深谁也难以估量。

它们是古代烧造瓷器时的废弃物，填满了一条条山谷，而后又在其上倾倒堆积形成的。

这些巨量的瓷片窑渣堆积，向世人昭示着这一带悠久的制瓷历史和曾经庞大的生产规模。

彭城镇就在这样的瓷瓦堆上开始了崛起和繁荣。

战争，自然灾害，朝代更替，彭城镇毁了建，建了毁，却始终以陶瓷为主业，窑火熊熊生生不熄。

在这个镇上，你俯身就可能拾起一个朝代的文化。

曾经发生过这样一件事：一所学校推平原来的操场，新建一条400米长的跑道，有人在场边灰渣堆上随意踢了踢，谁知一下子竟踢出了一只白釉褐彩小碗。

他请路旁闲着遛圈的老人帮助辨认一下小碗的年代，老人脱口便说："100年前的。"

那口气很轻松，并且不容置疑。

就好像人们见多了茄子萝卜西红柿，你一问便可以立刻告诉你这是什么。

赵立春在一篇文章中说："彭城是一座建在瓷瓦堆上的古镇！"这话可谓真实不虚。

有这样的烧造历史和规模，在彭城镇一带的乡村中产生关于瓷窑的文化，那还不是自然而然的事情吗？

在彭城，除了瓷瓦堆积，还有多种多样的瓷文化"堆积"。

如歇后语："彭城的夜壶——好嘴"，"彭城的大缸——到哪儿都响当当"，"彭城的瓷货——一摞叠一摞"，"打破砂锅——纹（问）到底"，等等。

如顺口溜："打了碗，莫着急，彭城街里一把泥"，"入城随城，入乡随乡，到了彭城学捏缸"，等等。

如传授生产经验的："大青土，拔剑碱，水冶釉，不用管"，说的是有了当地这些原料，烧造瓷器厂就可以开张了。

"推小车，不用学，只要屁股扭得活"，说的是在窑场内怎样才能把独轮小车推好。

"勤膏油，勤修轮，一捏三个碗，一把水连三拿"，说的是怎样才能提高陶轮使用的效率，转一下能够多制出几个瓷碗坯。

"饿死大火，撑死小火""煤宜三掺""打红不打黑"，是说怎样掌握瓷器烧成的燃料和火候。

"彭城瓷瓶，一土二火三手工"，"彭城瓷货，三分烧，七分画"，"彭城瓷货，生在成型，死在烧成"，说的是要生产出好瓷器，各个生产环节都很重要，马虎不得，等等。

1986年，《磁州窑的传说》一书出版。这本民间故事集，从彭城一带搜集到的100余个关于磁州窑的传说中，筛选出50篇辑录成书。

时任全国人大常委会副委员长的黄华，专门为此书题写了书名并题词："古瓷垂史，传说生辉。"

这些厚重的文化积淀，同彭城周围如峰如岭的窑渣瓷片堆，述说着彭城的历史。

考古资料证实，至少在北宋时代，彭城已成为磁州窑的一个重要窑场。

金代末期，由于战争和连年旱涝等自然灾害，观台窑场的生产受到了很大打击。特别是漳河数次干涸，航运中断使窑场生产的瓷器严重积压，无法运往市场卖掉。磁州窑的生产中心渐渐转移到了彭城一带。

彭城周围制瓷的原料多而齐全，地下蕴藏着丰厚的优质煤层，在宋时已有开采，元代时煤的生产规模已经蔚为壮观。

南北大运河的疏浚开通，使彭城瓷器可以通过滏阳河到运河，直达京津，顺畅快捷。

而元世祖忽必烈把华北的北京立为首都，也使彭城瓷产品的市场更加广阔，市场对瓷产品的需求更加旺盛。

再加上元代统治者本是游牧民族，没有重农抑商的观念，对有一技之长的手工业者较为尊重，制定了一系列鼓励政策，如可以免除差役、职业可以世袭等，这无疑又给彭城瓷业的兴盛创造了良好的条件。

于是，在元代，彭城取代观台成了磁州窑的中心。

这是个具有历史意义的迁移，在陶瓷史上应该重重地写上一笔。

自此，中国北方的瓷都落户彭城，而磁州窑的优良传统、丰厚的经验知识积累和精湛的技艺，也使彭城迅速发展起来，名气越来越响亮。

到了明朝，在陶瓷业界和陶瓷市场上逐渐有了"南有景德，北有彭城"的说法。

今天的彭城，依然是我们这个陶瓷大国的重要产业基地之一。

走进彭城，陶瓷文化的气息扑面而来。

现代化的陶瓷企业一片连着一片，有国有的也有个体的，大街上运送原料和满载陶瓷产品的车辆来来往往，各瓷厂陈列展销门市里，选购瓷器的游客和商贩摩肩接踵，而散布在镇子上各个角落的家庭或陶瓷手工作坊中，拉制瓷坯的陶轮吱吱呀呀转得正欢……

为节约经费，我在峰峰矿区只住了5天，采访日程安排得很紧，在彭城大街上没有时间逛大街，总是乘车匆匆来去。但彭城那千年瓷都的风貌，还是深深地印在了我的心上。

我参观了现代化的陶瓷企业，参观了保存完好的元代、清代和民国时期的馒头窑群……赵立春还特意领我去看了在中国和世界上恐怕都是别具一格的笼盔墙。

笼盔墙，由笼盔叠砌而成的墙。

笼盔是烧造瓷器时使用的匣钵，是当地人对匣钵的形象叫法。笼盔一般为圆筒状，长40到60厘米不等，直径20多厘米到 30 厘米，用制作大缸的原料制成。成本低廉，胎质坚硬，不易损坏。

烧造瓷器时，用笼盔罩上瓷坯，一方面可以使笼盔内的温度分布均匀，烧成气氛好；另一方面，也能避免在窑炉火焰中飞腾的柴灰煤尘，落在施了釉的瓷坯上，形成疵点，保证烧成的瓷器光洁纯净。

使用笼盔烧制瓷器，在磁州窑开始得很早。有资料说，始于唐代。彭城窑场一落成，可能就用上了这玩意儿。一代代沿用下来，因损伤而废弃的笼盔便越堆越多。

砸碎扔掉很可惜，聪明的彭城人便给这些坚硬结实的废物派上了用场。

他们用它做花盆种花，用它做鱼缸养鱼，用它做开采瓷土原料的矿井下的支架，用它代替砖石砌墙建屋……

千百年来，由于对这种废物的利用，彭城镇的房舍、围墙便不同于其他地方了，构成了一道中国乃至世界建筑史上都罕见的特殊风景。

据赵立春说，新中国成立前，人们一进彭城，便不由得睁大了眼睛：整条整条的街，偌大个镇子，几乎全是由立着和卧着的圆筒状笼盔砌筑起来的。凹凹凸凸，颜色别致，好像到了一个陌生的国度，到了别的星球。

当地人为形容这种风景，也编造了顺口溜："彭城街，五里长，旮里拐弯笼盔墙。"

新中国成立后，由于现代工业企业的建立和人民生活水平的提高，遍及全城镇的"旮里拐弯笼盔墙"越来越少，代之而起的是现代的钢筋水泥建筑。

但在一些偏街小巷，还是可以见到用笼盔垒砌的房屋、院墙甚至茅厕。有的小巷宽不盈三尺，两旁丈多高的墙，完全由古铜色的笼盔和焦砖叠摞而成。

小巷深的可达 1000 米，旮里拐弯，有序的图案连绵不绝。穿行其间，让人恍惚间觉得走进了北方瓷都的悠长历史中。

现在，峰峰矿区政府已对残存的彭城街巷作了保护规划。

笼盔墙这个天然的陶瓷博物馆，这道中国和世界罕见的建筑风景，有望长久存在下去了。

元代，磁州窑系走出国门

在中国陶瓷史上，元代是景德镇崛起的时代。

由于战争和改朝换代的打击，宋朝时显赫一时的五大名窑此时都早已熄火了，塌毁了。

供皇亲国戚以及他们的奴仆们把玩的钧瓷、汝瓷、定瓷等等都已绝产，只能在富户豪绅家的古董架上见到它们的芳容。

江西景德镇蕴藏着优质的高岭土矿，高岭土就得名于景德镇附近的高岭村。

景德镇所处的江南丘陵为亚热带季风气候，平均气温高，湿润多雨，植被繁茂，更新快，为烧造瓷器提供了源源不绝的有机燃料。

北宋时这里的瓷器已开始引人注目。北宋末年，大批北方陶瓷工匠逃难南迁，使景德镇又获得了宝贵的制瓷人才和技术。

在发现了纯净美丽的青蓝色矿物颜料后，北方的白地黑花装饰技法在这里扎下根，工匠们绘出了淡雅美丽的青花装饰花纹。

景德镇的瓷土本来就细腻、纯净，制出的瓷坯纤巧洁白，现在，在纤巧洁白的瓷坯上，画上淡雅美丽的青花纹饰，就像天然俏丽的美女，又穿上了优雅合身的衣裳，那种芳姿倩影，的确摄人心魄。

景德镇的青花瓷一经问世，立刻就誉满中外。

元朝本就疆域广大，并且实行对外开放政策，中国发达的手工业市场空前辽阔，景德镇又地处江南，水运方便。

这些因素使素有"工匠四方来，器成天下走"传统的景德镇窑场，生产规模一扩再扩，迅速发展、繁

荣起来。

地处太行山麓的磁州窑虽缺乏优质的瓷土原料，但它凭着独步天下的装饰技法"粗料细作"，生产规模也在不断扩大。

根据考古资料分析，元代时彭城镇的窑场不断扩大，与临水窑场连在了一起。

滏阳河两岸，到处布满了喷烟吐火的馒头状瓷窑，占地约400平方千米。

在这个窑场周围，还有一片片的小窑场遍布于富田、张家楼村一带，同时，漳河边的观台窑场也还在继续烧造。

1998年至1999年，彭城镇实施旧城改造，滏河大街西延，在推土机的掘进下，仅仅几米宽的路面上，就出土了数以万计的元代瓷器和瓷片。

这让当地的文物爱好者发了大财，每天，每当推土机一停，人们便拥上路基，寻寻觅觅。

在北京也能够看到元代磁州窑生产规模扩张的痕迹。

改革开放以来，北京市对元大都居民区进行了考古挖掘，出土瓷片数万种，其中近一半是磁州窑的产品。

对元大都宫城和官衙的考古挖掘，也出土了许多磁州窑瓷器。

邯郸峰峰矿区文保所收藏的一件元代的白釉梅瓶，在其肩部书有"内府"二字，可见此瓶是专供宫廷用的。

这说明，在元代首都这个天下货物汇聚之地，平民百姓日用瓷器的相当一部分都是磁州窑生产的，而元代宫廷也在使用磁州窑产品。

元代首都如此，那么距磁州较近的河北、河南、山东等地的城镇农村，所使用的磁州窑瓷器又该有多少呢？

元朝时对外交流和贸易空前活跃。宋代时我国已能够造出在近海航行的大船，并且掌握了依靠指南针和星座导航的航海技术，元朝在此基础上开展了海上漕运和货物运输，并且设立了官方管理机构。

磁州窑的产品主要供应本国民间需要，由内河浮运出海，然后沿着渤海、黄海海岸运送到辽宁、山东、江苏，甚至再远到浙江上岸出售。但也有部分产品被商人运往国外，成了外贸货物。

宁波市考古研究所曾经就该市古代港口、仓库、城址等处遗址出土的一定数量的磁州窑瓷器残片著文，认为自南宋绍兴十四年（1144年）开始至元代，都有磁州窑瓷器经此转运出口。

自1991年起，中国历史博物馆水下考古研究所，对辽宁绥中县海域发现的一艘沉船进行了水下发掘。

发掘进行了4年，打捞出完整的元代磁州窑瓷器225件。连同这以前从当地渔民手中征集到的、在沉船附近打捞出的，共达584件瓷器。

研究人员就此认为，沉船上的瓷器不是供船上人生活用的，而是专门向外国运送的贸易货物。

运送的目的地，是朝鲜或日本。

元朝磁州窑瓷器的出口，使得磁州窑的影响力波及海外。

元大德四年（1300年），暹罗（现泰国）国王堪摩亨（也有译为敢木丁的）到大都晋见元朝皇帝，贡献了金条、象牙、犀牛角、琥珀等礼物，回国时，向元朝皇帝提出了从中国招聘瓷窑窑工的请求，以发展本国的陶瓷业。

元朝皇帝答应了堪摩亨，诏书下到了磁州窑。这样，许多磁州窑窑工到了泰国，创办了著名的宋加洛制陶业。

国内外市场的"利好"，对磁州窑不断扩大生产规模起到了促进作用。而磁州窑窑货的俏销，也使得国内的许多窑口纷纷仿烧起磁州窑瓷器。

特别是北方的窑场，由于原料和自然条件同磁州窑相差不大，运用磁州窑的生产技术和装饰工艺，生产出的瓷器与磁州窑的传统产品几乎一模一样。

前面说过，在中国北方，甚至南方，自北宋以来一直存在着一个生产相同风格产品——以民间日常使用为主，施用白化妆土，在其上剔、刻、划、戳、填或直接绘画题字，粗犷质朴却又洒脱豪放、充满意趣的瓷器——的窑系：磁州窑系。随着磁州窑系的产生和发展，磁州窑在海内外和业界的影响更加广泛和深刻，同时也使得磁州窑能够更好地同其他窑口交流、学习，促进了自身的进一步发展。

磁州窑系各窑场之间也存在着市场竞争，但是在整个元代，由于市场广大，磁州窑的生产似乎没有受到什么制约，依然日夜窑火熊熊，光焰四射。

磁州窑系的各民间窑场，互相模仿借鉴，彼此学习交流，组成了北宋以来有着相似文化和产品的最大群体，它们是推动中国陶瓷产业发展的主力军。

在中国陶瓷史上，没有哪个窑系可以和它比肩。

这个窑系对中国和世界陶瓷行业的影响是广泛的、深刻的。

景德镇在世界陶瓷史上占有重要地位，至今仍是中国陶瓷产业的主要支柱。这既仰赖于"天时、地利"——优越的自然条件和元代以来世界航海技术进步带来的国际贸易繁荣，同时也依赖于"人和"的因素。

冯先铭先生说："永和镇距离景德镇较近，沿赣江可以通达，因此，景德镇受吉州窑的影响应较磁州窑大，也就是说，景德镇的青花品种应与吉州窑的釉下彩绘有更加密切的关系。"

我们已经知道，吉州窑的釉下彩绘技法是属于磁州窑系的，是北宋末年磁州窑系窑匠避乱南迁时带去的。

南宋政权建立、苟安100多年后，蒙古人灭金，并渡江与南宋交战。

吉州窑的窑工也失去了安宁和平的生活环境，有许多人逃到了景德镇。据南宋吉安太守吴炳的游记记载："今景德镇陶工，故多永和人。"

在南宋存续的150多年间，景德镇的主要产品还是青白瓷，而元军灭掉南宋后不久，青花瓷就出现了，并且一出现就显示了制瓷匠人在瓷胎上挥笔作画的娴熟技巧。这说明了什么？

冯先铭先生指出："磁州窑釉下彩绘可以说是青花瓷器的直接祖先，两者的区别只是使用了不同的呈色金属。可以说景德镇青花瓷器不仅继承了磁州窑釉下彩绘的传统技法，在器型与纹饰方面也有很多借鉴。"

著名学者傅扬先生在其所著的《青花瓷器》一书中，也表述了同样的观点："宋代黄河下游中原地区、漳河两岸的窑场发明了釉下绘画方法，……是青花瓷器釉下绘画的前驱，给青花瓷器的釉下绘画提供了经验，这种产品可以举出北宋时期的磁州窑作代表。"

青花瓷，是景德镇在世界上扬名立万的成名作。

磁州窑在景德镇崛起、走向世界中的巨大作用，于此可鉴。

磁州窑本身在世界上的影响也是巨大的。

朝鲜（本书泛指朝鲜半岛，下同）和中国接壤，凭借地理上的便利条件，很早就和中国开始了各方面的交流。

古代的中国，是世界上最大的文明古国，从原始社会到秦汉，到唐，到元和明，都是国力强盛、科技和文化走在世界前列的国家。

从秦汉时期起，朝鲜、日本以及东南亚国家，就不断派人来学习我国的政治体制、礼仪、建筑、语言、铸造、造纸等等。

可以说，今天中国的周边国家，特别是朝鲜、日本，从文字到文学，从服装到节日，到文明生活的方方面面，无不深刻地打着中国古代文化的烙印。

陶瓷器生产也是这样。

中国在汉朝时制瓷技术即臻于成熟，两晋南北朝时，青瓷碗、青瓷盘、青瓷罐等开始走进千家万户。隋朝、唐朝时同日本、朝鲜的交往规模升级，并且日益频繁。公元918年，朝鲜人利用本国瓷土开始生产瓷器，在全罗道康津建立了窑场。

12世纪，磁州窑的装饰技法不断丰富，白地刻花、白地黑绘纹饰的瓷器，在中国北方随处可见。故城巨鹿百姓人家的日常用品告诉了我们这一切。

此时，朝鲜开始生产一种叫"绘高丽"的黑花装饰瓷器，一经问世便在朝鲜半岛十分畅销。

这种"绘高丽"纹饰，其实就是磁州窑的白地黑绘或称为白地黑花的装饰，其工艺使用的都是铁元素含量很高的矿物颜料，只不过由于地区不同，矿物成分略有差异而已。

朝鲜的绘高丽纹饰颜色为褐红，像铁锈。在磁州窑以往和后来的产品中，也有许多这种颜色的白地褐红绘花装饰制品。

由于地理方面的原因，也由于相同的文化影响，朝鲜人对磁州窑瓷器情有独钟。

10世纪到11世纪上半叶，是朝鲜瓷器发展的初期阶段。此一阶段朝鲜窑场烧制的主要是青瓷，同中国北方唐朝以前的青瓷差不多。

进入11世纪后半叶，中国磁州窑产品大行其道，朝鲜制瓷业开始全面接受这个来自中国北方名窑的技法。从出土文物的造型看，朝鲜当时的梅瓶与磁州窑梅瓶如出一辙。从装饰花纹看，主体图案内容和风格也非常近似。

当然，聪明的朝鲜工匠同中国磁州窑系的各窑场工匠一样，在仿制、学习磁州窑产品的时候，对磁州窑的装饰技法也有创新和发展，使其更适合自己的民族风格和市场。

但是，从本质上，我们还是能够看到磁州窑对朝鲜陶瓷产业发展的巨大影响。

日本国土孤悬于大洋之中，且是一个个被海水分割的岛屿，因之，古代的日本本土之间、日本与邻国之间的交往十分不便，这使得日本社会长期处于落后和封闭状态。

但日本民族是个好学的民族，他们仰慕文明，一旦条件允许，就能够像海绵吸水一样，从外邦吸收先进的文化科技成果，迅速改变自己的落后状态。

日本与中国的交往约开始于公元前3世纪前后，也即中国的战国时代。随着造船和航海技术的发展，这种交往越来越多，规模越来越大。

但直到元代，由于海域的辽阔和风浪的凶险，日本与中国的交往大都是通过朝鲜进行的——日本人到中国来，先在朝鲜半岛登陆，然后从陆路进入中国，这样相对安全一些。

当然也有从水路来的，那也是先到朝鲜，然后沿着朝鲜海岸弯弯绕绕地航行，最后到达中国。

这样，日本人对朝鲜的了解比对中国要多。很多时候，他们会把在朝鲜看到的东西，误认为是朝鲜生产的。

日本从唐朝时期就开始进口中国瓷器，输入的瓷器包括中国各窑口的产品。

前面说过，日本也曾派使臣到朝鲜，邀请在朝鲜的中国瓷匠师到日本传授制瓷技艺。

13世纪20年代，日本濑户人加藤四郎又到中国学习制瓷，6年后回国，被尊为日本的"陶瓷之祖"。

但日本因未找到高岭土资源，在17世纪以前的漫长历史时期中，始终只能烧制陶器，贵族富豪家使用的瓷器则完全来自国外。

当朝鲜能够生产瓷器以后，日本需要的部分瓷器开始从朝鲜进口。白地绘花瓷器在朝鲜半岛出现后，受到日本人的深切喜爱，他们学习这种装饰技法，把它用于自己生产的陶碗、陶盆等陶器的装饰上。

他们认为，这种装饰技法是朝鲜人发明的，遂把它命名为"绘高丽"。

在此基础上，他们发展创造了"绘唐津""绘志野"等技法。

直到20世纪后期，也就是近些年来，由于对磁州窑研究成果的传播和中日文化交流的深入，日本陶瓷界才认识到，"绘高丽"技法实际上是磁州窑白地黑绘技法在朝鲜的翻版。

著名陶瓷研究家常石英明说："在日本，早在桃山时代，以古唐津窑为首，包括志野的黑花纹样技法，都模仿了磁州窑。"

直到17世纪江户时代，从朝鲜掳掠回来的瓷匠李参平发现了瓷土矿后，日本才能够烧制瓷器。此时已是中国的明朝后期，景德镇的青花瓷早已享誉世界。

日本瓷业上马伊始便仿制青花瓷。由于日本早就具备了在瓷胎上挥笔绘花的工艺基础，他们的青花瓷器的器型纹样与中国产品差不多，不久之后，日本的青花瓷开始输往欧洲。

此时已是清朝时期。由于清朝统治者的腐朽和闭关锁国政策，放弃了与日本的竞争，日本青花瓷很快占领了欧洲市场。

现在的日本仍然是世界陶瓷生产大国，既生产高档青花瓷，又生产磁州窑白地黑绘和彩绘类装饰的瓷器。

磁州窑对东南亚国家陶瓷生产的影响也是十分深远的。

前面曾经说过，元朝大德四年（1300年），暹罗国王堪摩亨（敢木丁）晋见元朝皇帝，提出招聘制瓷工匠到暹罗工作的请求。

从这以后，泰国就有了磁州窑工匠忙碌的身影，他们创办了著名的宋加洛制陶业，生产出一种当地称之为"宋胡录"的瓷器。

磁州窑的烧造技术和装饰技法，开始在暹罗广为流传。

实际上，暹罗人对磁州窑瓷器并不陌生。早在唐朝时期，磁州窑烧制的瓷器已经出现在暹罗。

这可能是通过陆路运送过去的。

泰国在考古发掘中，曾发现了施白化妆土、绘黑色花纹的瓷器。

由于瓷器怕碰怕撞易碎，因之在古代以陆路运输为主的贸易文化交流中，这种东西很难远涉高山大川，很难穿越丛林或沙漠，除非十分珍爱，不惜血本地一路小心呵护。

磁州窑瓷器在唐代能出现在关山阻隔、遥遥万里的泰国，充分反映了泰国人民对它的喜爱程度。

在越南、印度尼西亚也有古代磁州窑产品的踪迹。

应该指出的是，由于大海宽阔，风高浪险，印度尼西亚在古代很难感受到来自中国大陆的先进文化。

直到明代的时候，印尼社会还停留在相当原始的人类社会阶段。

郑和的船队下西洋时，水手们在印尼看到的是，当地土人还在用树叶当作碗和盘子吃饭、喝水。

郑和下西洋以后，当地的瓷器才多起来，社会才逐渐步入文明。明末及清时，随着华侨的大批迁入，印尼才渐渐得到开发。

阿拉伯人民是聪明的人民，埃及和两河流域的巴比伦，都曾是世界古文明发祥地。约在公元 7 世纪时，中国瓷器传到中东，当地的工匠立刻开始了仿造。

埃及法蒂玛王朝的一位叫赛尔德的制陶工匠，因擅长仿制出了名，许多人投拜到他的门下做徒弟。20 世纪阿拉伯世界的考古发掘，在埃及和伊拉克都发现了中国陶瓷和其仿制品。

开罗南郊的富斯塔特遗址，曾是当地人仿制中国瓷器的一个大窑场，出土了两万多片瓷片，其中就有不少磁州窑风格的产品。白釉刻花、釉下绘花，甚至一些瓷片的装饰图案，都同宋、元时的磁州窑产品极为相似。

到 12 世纪，伊朗的陶瓷生产发达起来，成为面向阿拉伯世界的主要陶瓷产地。

流行于伊朗的釉上描绘装饰纹样、釉下剔刻和釉下彩绘等技法，几乎就是宋代磁州窑在伊朗高原的克隆品。

陶瓷史专家说："塞尔柱时代的白釉陶器，是在中国定窑、磁州窑白瓷和景德镇青瓷的影响下发展起来的。"

于此，我们可以看到，磁州窑和中国其他窑场在阿拉伯陶瓷生产中的影响。

由于海上交通发展较晚，中国和非洲、欧洲的大规模贸易交流和青花瓷的方兴未艾是分不开的。

磁州窑在非洲和欧洲的影响，从表面看，似乎不如景德镇和中国其他窑口。但若从陶瓷生产技术和装饰技法上看，追根溯源，还是有受磁州窑深远影响的痕迹。

有历史学家说："东非的历史是由中国的瓷器书写而成

的。"美国学者德克·卜德也说："18世纪欧洲生产的绝大部分瓷器，在技巧、外形、颜色、图案等方面，都是仿效中国瓷器制造出来的……"

毋庸置疑，"中国瓷器"理当既包括磁州窑产品，也包括磁州窑丰富的装饰技法和工艺。

实际上，世界发现磁州窑以前，欧洲人、美洲人只知道青花瓷。磁州窑被发现以后，"只知有秦，不知有汉"的局面，便迅速被打破了。

1918年河北巨鹿故城的偶然发现，掀起了世界研究磁州窑的热潮。迄今为止，各国发表和出版的磁州窑研究论文和专著达数百篇（部）之多。

英国人R.L.霍普逊、G.尤莫伐播勒斯及R.S.维利阿姆斯夫人等，首先在论文中使用了"磁州窑型"这一名称，为后来出现的"磁州窑系"这一概念奠定了基础。

霍普逊对邯郸磁州境内的窑场用"磁州窑"这一名称冠之。这一名称一经提出，便获得世界陶瓷界的认同。

这是国际上对作出巨大贡献的，然而在中国连个名称都没有的民间窑场的第一次命名。从此，磁州窑才有了自己的名字。

日本人对磁州窑为世界陶瓷发展的贡献十分重视。小森忍、奥田诚一、小山富士夫是老一辈世界级的磁州窑研究权威，在日本有着广泛影响。

近几十年中，日本的长谷部乐尔、佐藤雅彦等是研究成果丰硕的新一代专家。其中蓑丰先生曾六次专程赴邯郸磁州窑遗址考察，对磁州窑的研究有重大贡献，邯郸市人大常委会曾授予其"邯郸市荣誉市民"称号。

1980年，日本、英国、美国、加拿大四国在美国的印第安纳州联合举办了磁州窑陶瓷专题展览和磁州窑国际讨论会，出版了《各国各大博物馆珍藏的磁州窑瓷器图录》和《国际磁州窑讨论会论文集》，将磁州窑研究推向一个新的高潮。

从世界各国的著名博物馆收藏中，也能看到磁州窑的巨大影响。

优美的造型，生动的纹饰，使磁州窑瓷器不仅为民间收藏家所青睐，也为声名显赫的大博物馆所瞩目。

有几件磁州窑瓷器陈列在案，不仅标志着该博物馆的收藏丰富，还可提高该博物馆在世界上的名声和地位。

日本是收藏磁州窑瓷器最多的国家，民间和博物馆的藏品不仅数量大，而且品种多、品质精，几乎包括了历代的磁州窑精品。

这些瓷器的来路有许多是不光彩的，甚至沾有血腥，但也有许多是历史上文化、贸易交流的结果，珍藏流传至今。我们从中能够看出，日本人对磁州窑瓷器的喜爱程度。

白地黑花龙纹梅瓶是日本白鹤美术馆的藏品，是世界上仅存的一只大型龙纹梅瓶。

这个全世界唯一的瓶子高40.5厘米，造型高大伟岸，古拙质朴。

在白色的瓶体上，飞腾着一条黑色的巨龙，须鬣飞扬，脊甲怒张，双目圆睁，利爪刚劲，姿态凶猛而威严。

尤其是硕大的龙头，布满瓶身，好像电影中的一个特写镜头。

这条龙似穿云而来，又似搏浪而去。瓶身上大面积的留白，既无云纹，也无波浪，却给人一种叱咤风云、翻江倒海的气势，威风凛凛，令人生畏，极富夸张的效果。

日本东京国立博物馆、东京静嘉堂美术馆、东京根津美术馆、东京富士美术馆、东京永青文库、东京出光美术馆、大阪逸翁美术馆、大阪万野美术馆、奈良美术馆等近20家著名的博物馆、美术馆，也收藏有许多稀世珍品。

2002年，日本大阪市立美术馆牵头举办了"白与黑的竞演——中国磁州窑展"，展出的日本各大博物馆收藏的精品瓷器，就有150件之多。

印尼雅加达国立博物馆藏的磁州窑瓷器也很珍贵，如白地黑花龙凤纹坛、红绿彩坛、兔毫纹大坛以及翠蓝釉黑花罐等。翠蓝釉黑花罐的釉色十分美丽，可与海水相媲美。这两件元代的磁州窑瓷器是精品，世界上没有几件，极其罕见珍贵。

英国的伦敦大英博物馆是英国最大的综合性博物馆，也是世界性的艺术宝库。

在收藏的中国民间陶瓷中，磁州窑的瓷器格外引人注目。其中的珍珠地划花"家国永安"枕和黑剔花熊纹枕，均为宋代中国瓷器的代表作。

传世的熊纹枕仅此一件，是由陶瓷研究家G.尤莫伐播勒斯捐献给该馆的。

英国的其他博物馆如著名的伦敦维多利亚与艾尔伯特博物馆，也都有不同时期的磁州窑瓷器收藏。

法国巴黎的吉美博物馆，收藏有磁州窑北宋时期的一只白釉罐。意大利的帕尔玛中国艺术博物馆，收藏有明代磁州窑的白地黑花云燕纹罐。这两个罐子，在世界上也是著名的藏品。

美国也是收藏磁州窑瓷器的大户。

位于纽约的大都会艺术博物馆是世界性的综合博物馆，

也是美国最大的博物馆，里面收藏有大量的磁州窑瓷器，其中白地黑花的芦雁水波纹枕及孩子骑竹马的画枕，民族色彩浓郁。

位于华盛顿的弗利尔美术馆、位于克利夫兰的克利夫兰美术馆、位于费城的费城艺术博物馆、位于旧金山的亚洲艺术博物馆、位于芝加哥的富地博物馆、康奈尔大学的美术博物馆等等，这些遍布美国的著名博物馆，也都收藏有磁州窑瓷器。

加拿大的皇家安大略博物馆是加拿大最大的博物馆，在陈列品中可以看到来自磁州窑的古代瓷器。

磁州窑瓷器的身影闪现在世界各大博物馆中，展示着中国民窑的风采，展示着中国陶瓷也即世界陶瓷的发展轨迹。

每天，我们这个星球各个角落不同肤色的居民，都可以从博物馆中，感受到亚洲大陆东部那悠久的磁州窑文化的魅力。

天下的『瓷』字几乎全写成了『磁』

在邯郸峰峰矿区，有个传奇式的人物。

此人学历不高，仅为中专毕业，但他经过自修，日语水平和古陶瓷研究水平都达到了十分了得的地步。

他不仅翻译了许多日本陶瓷专家的著作，在我国报刊上发表，还作为精通磁州窑历史的专家，两次到日本讲学。

他写的磁州窑研究文章很有见地。所作有关陶瓷生产和磁州窑历史的科普文章，很受陶瓷行业报刊的欢迎。

此人曾任邯郸陶瓷公司陶瓷研究所情报资料部主任。20世纪90年代后期，陶瓷公司经营出现困难，研究所职工下岗，他也下了岗，每月只有几百元的糊口费。他硬是凭着写稿件挣稿费，支持着两个孩子读完高中，读完了大学。

采访中我问他，为什么不到北京去找份翻译工作干干呢？翻译，尤其是老资格翻译的收入是很可观的。以他的水平和资历，肯定会受欢迎。

他摇了摇头，垂下眼皮，许久才说，那样，他就无法再进行磁州窑的研究了。

他的回答令我的心情沉重起来。

他的选择一点儿不奇怪。我采访中遇到的许多朋友，像写《磁州窑演义》小说的郭连生、创办陶艺公司的安际衡、文保所年轻的专家赵立春、中共峰峰矿区原区委副书记郭光华、峰峰矿区文体旅游局局长陈宝顺等等，都是这样。

他们热爱磁州窑，守护磁州窑，把研究和彰扬磁州窑文化当作自己须臾不可离弃的事业。

此人叫刘治国。

刘治国先生对中国陶瓷的历史十分熟悉。据说，有一部大型电视连续剧播映后，刘治国便在家里的电视机前大叫"不符合真实，不符合历史"，并立刻写成文字发表在《邯郸陶瓷报》上。

原来，他看到了《水浒传》中高俅喝茶的镜头。

高俅喝茶用的茶具是青花玲珑瓷器。

高俅和水泊梁山一百单八条好汉都生活在北宋后期。此一时期，北方尤其是中原一带城乡，包括北宋的首都汴京，普通民众用的生活瓷器，都是磁州窑系民窑生产的黑釉、褐釉或施化妆土的白釉粗瓷大碗、盘、罐、坛等等。

讲究一些的富裕人家，使用的是白地黑绘花、白地彩绘花装饰的瓷器。高官达贵使用的是白地刻花、剔花、划花等工艺高档的瓷器以及定窑、汝窑、钧窑、官窑生产的白瓷和窑变瓷器。

景德镇当时生产的是青白瓷，那个时候青花瓷还没有诞生，世界上还没有青花瓷这么个玩意儿。高俅即使身居高位，也不可能使用天下没有的青花瓷类茶碗喝盖碗茶吧？

我们已经知道，青花瓷是宋元交战的过程中，吉州窑窑工跑到景德镇以后才出现的，此时距高俅喝盖碗茶要晚180余年。

实际上，青花瓷技艺最成熟、名声最响亮的时候是在明代。青花玲珑瓷则出现得更晚。

所谓玲珑瓷，是在瓷胎上镂出内外贯通的小孔，填上透明釉料，然后再在瓷胎上通体罩釉入窑烧制。

这样，烧成的瓷器有许多透明却不漏水的孔，给人以玲珑剔透的感觉。这一技术在明朝时才臻于成熟,并且最初只是在青白单色瓷上烧制。

直到清朝康熙、乾隆年间,清朝的官窑在仿制玲珑瓷时才把它和青花瓷结合起来,创烧出了青花玲珑瓷器。

也就是说,北宋时期的高俅都不会见到过青花玲珑瓷,他怎么能端起他死后600多年才生产出的这种瓷碗喝茶呢?

电视连续剧《水浒传》,是我国影视界着力打造的一部大型古装电视剧。在改编和拍摄的过程中,集中了我国各方面的人才。但是,还是出了疏漏。

电视机屏幕上的高俅只喝了一两口茶,镜头虽只有那么一两秒,刘治国却分辨清了高俅手中的茶碗属于瓷器的什么种类,并且立刻意识到这不符合历史真实,由此可见,他对中国历代陶瓷产品熟悉到了何等地步!

听说了关于刘治国的传闻,又与他见了面,回来后又查阅了大量的史料,这使我一方面深深地敬佩这位自学成才的专家,一方面也知道了明代青花瓷和磁州窑的生产状况。

明代是青花瓷的天下。

由于景德镇的崛起,由于青花瓷日渐声名隆盛,元末明初,磁州窑系的许多窑场都坍塌了,熄火了。

据文献记载,元末明初,经过半个世纪的战乱,中国北方人口大量减少,土地大量荒芜。

特别是磁州窑的传统市场区域(河北中南部、河南中北部、山东西部北部、北京、天津),更是呈现出人烟稀少、处处废城荒墟的凄凉景象。

明朝政府不得不从受战争破坏较轻的太行山里和山西南部向中原地区移民。这就有了河北平原地区至今流传的"燕王扫北"和"原籍都是山西洪洞县大槐树"的说法。

战乱，人口减少，市场萎缩，加上景德镇青花瓷雄踞天下，磁州窑所受到的打击可想而知。

但是，磁州窑仍然在顽强地生产着，磁州窑的火焰依然顽强地燃烧着。

明初曹昭所著的《格古要论》一书和各地出土的元末明初的磁州窑瓷器，都印证了这一点。

《格古要论》说，磁州窑古瓷器"好者与定器相似……素者价高于定器，新者不足论也"。

该书对磁州窑的认识是不全面，有失公允的。但从其所说的"新者不足论也"，我们知道了，明初作者撰此书的时候，磁州窑还在源源不断地生产着新瓷器。

而从朱元璋的大臣虢国公俞通源夫人墓出土的白地黑花梅瓶、俞通源墓出土的同类梅瓶、永乐年间西宁侯夫人许氏墓出土的白地黑花盖罐以及伦敦大英博物馆收藏的书有"正统拾壹年五月壹日"铭文的白地黑花纹罐等等瓷器考证，明初的磁州窑，同其他磁州窑系窑场一样，虽然愁云漠漠，但窑火并未熄灭。

到了明朝中期，磁州窑的元气恢复过来了，生产规模还略有扩大。

据嘉靖《彰德府志·地理志》载："彭城在滏源里，居民善陶缸罂之属。或绘以五彩。浮于滏，达于卫，以售于他郡。"

而据《大明会典》第194卷载，自宣德年代始，磁州窑接受了每年给明朝光禄寺烧造大量缸、坛、瓶等器物的任务。这些器物用于皇家的祭享、宴劳、酒醴等。

《明史》中也有关于宣德年间磁州窑为藩王赵简王朱高燧烧造祭器的记载。

在明朝中期能够被明朝中央政府和藩王看中，分派烧造瓷器，说明磁州窑经过明初以来的恢复，已经具备了相当的规模和实力。

明万历十五年（1587年），彰德府推官张应登游彭城后勒石铭文："……彭城陶冶之利甲天下，由滏可达于京师。而居人万家，皆败瓮为墙壁，异哉！晨起，视陶陶之家各为一厂，精粗大小，不同锻冶……似此作者曰千人之多，似此厂者曰千所而少，岁输御用者若干，不其甲天下哉？"这段铭文，更描述了当时彭城的人口、陶瓷生产规模等等"不其甲天下哉"。

作者的赞叹很实在，看不出些许夸张。彭城作为磁州窑的中心窑场，在明朝中叶时已完全恢复到了宋元时的规模，于该石碑记述可见。

著名的明代戏剧家汤显祖，在其劝人喻世的大作《邯郸记》中，为描述道士吕翁送给考场失意的读书人卢生的枕头，写有一段唱词："这枕啊，不是藤穿刺绣锦编呀，好则是，玉砌香雕体势佳呀！原来是磁州烧造的莹无瑕……"

汤显祖把吕翁送给卢生的仙枕，写成是磁州窑烧造的，可见当时磁州窑在中国瓷器生产界的影响，在民间百姓中的口碑！

日本学者考证，明朝时中国文章中的"瓷"字，几乎已完全由"磁"字代替。

近年来的考古研究，也揭示了明朝时磁州窑的规模和影响。

据古窑址发掘，明朝的彭城窑场，建成了一座一次能烧成数万件产品的特大馒头窑。

而装窑时，为增加每一窑的装入量，瓷坯或套在一起，或扣成一摞。碗类产品则几乎全部采用在碗底刮去一圈釉，以方便叠放的方法。

建成特大型窑，套烧、扣烧、叠烧以增加装入量，这告诉了我们什么？

改革开放以来，首都的建设日新月异。建设施工中，挖掘出了许多磁州窑瓷片。

其中，北京站邮局建设工地、石驸马大街、平安大道、王府井大街等改造建设工地，都出土过明代磁州窑瓷片。

特别是1986年北京站邮局建设工地，挖掘出一个长10米、瓷片层宽和厚各达1米的大坑，出土了大量白地黑花、白地褐花的磁州窑瓷片。

在这个瓷片层中，还夹杂有景德镇青花瓷器。这让我们看到，在明代青花瓷雄霸天下的时候，磁州窑瓷器在首都仍然有着很大的市场，不输于景德镇。

在河北曲周，山东聊城，河南安阳、卫辉、清丰，山西平顺以及安徽歙县，也都有明代磁州窑瓷器、瓷片出土的报道。

这些地方都是磁州窑的传统销售区域中的一些点。由这些点，我们可以想象到，明代中后期，磁州窑瓷器顺着河流和道路源源运来，在传统的中原地带销售的繁忙景象。

实际上，明朝时，社会上已有了"南有景德，北有彭城"的说法。

明初，皇帝派三宝太监郑和七次下西洋，开辟了中国与南亚、阿拉伯世界及非洲东部地区的海上航路，拓宽了贸易和文化往来的渠道，中国的瓷器输出量比元朝时更大了。

郑和七下西洋的出发地大都位于长江口处，后来的中外贸易通商港口选在泉州、广州，这样，南方瓷器的输出特别是景德镇青花瓷的输出，占尽地利之便。

磁州窑遥居北方的太行山中。要把磁州窑瓷器装上郑和的宝船及后来的中外商人的海船，先要在中国内地颠簸辗转几千里。不消说，磁州窑产品输出西洋是非常困难的。

但就是这样，磁州窑瓷器也是当时中国向西方输出的颇具特色的商品之一。

近年来，在东南亚国家、阿拉伯国家和东非国家都有磁州窑瓷片出土的报道。

坦桑尼亚的基尔瓦岛是其历史上的重要港口。这里有华丽的古代宫殿遗迹，有雄伟的清真寺。这里出土的大量12世纪至15世纪的瓷器碎片，都是中国生产的，其中就有白地黑花装饰的瓷片。

与坦桑尼亚毗邻的肯尼亚，也是印度洋沿岸的国家。在其第二大城市蒙巴萨北部113千米处的哥迪大清真寺，也出土了磁州窑风格的翠蓝黑花罐。

明代磁州窑由于其在国内的巨大影响，在国际交往中仍然扮演着重要角色。

磁州窑在明代仍然能保持庞大的生产规模和产生巨大影响，这并不是偶然的。

磁州窑在元末受到青花瓷一统天下的强大压力，又受到战争和自然灾害的打击，元气大伤。磁州窑系的许多窑口甚至自此熄灭而绝烧。

但磁州窑的窑火在元末明初摇曳暗淡、挣扎一番之后，又恢复了宋金元时代的生气，光焰明亮，熊熊燃烧，继续在国内外产生巨大而深刻的影响，这除了它自身具有的强大生命力在顽强发挥作用以外，还得益于明初时的政策和明朝定都北京这两个重要因素。

明太祖朱元璋出身贫苦，对元朝统治者实行的民族和阶级压迫给华夏人民造成的苦难，感受极深，对元朝统治者官场上病入膏肓的腐败，给国家治理和经济发展造成的阻遏，看得十分清楚。

大明立国后，他采取了许多顺应民情天意，消除民族压迫，缓和阶级矛盾，清廉政治和发展生产的有力措施。

他下令：

——中国各民族平等，实行少数民族与汉族人享有相同的待遇，蒙古人、色目人与汉人自由通婚。

——解放被掠掳、买卖沦为奴隶的人（元时奴隶人口达1000万以上，占全国总人口数的五分之一，绝大部分为汉人）。

——鼓励人民开垦荒地，政府奖励耕牛籽种，号召流民归田，实行军队屯田，减轻人民负担。

——抑制豪强，迁徙富民，强令富豪承应各种差役及捐资修城铺路（号称"天下第一富"的沈万三被迫出资修筑了南京城墙的一半，另一富豪钱鹤皋按田亩数上缴钱款以购置修筑上海城墙的砖，即是两个最有名的例子）。

——对贪官污吏严厉惩罚，绝不宽恕（贪污受贿满60两银子，就要被砍头示众。影响恶劣、民愤大者，要被剥皮，楦填入干草，挂在街头随风摇摆。有人揭发大将蓝玉贪污受贿。尽管蓝玉是开国功臣，但被查实后也被"剥皮楦草"。洪武十八年，查实官绅勾结偷盗官粮，一次杀毙涉案者几万人，追还赃银几百万两）。

——允许臣、民议论政事，揭发奸佞，用密封交通直接送到他的御案上。

——在工商业政策方面，他颁诏释放元朝手工作坊中的大量官奴，允许他们独立营业；给外国商人以通商凭证，允许他们来华经商。

明太祖的政策是有力的，也是有效的，虽然在他去世以后，有许多措施被他的子孙们渐渐抛弃了，甚至反其道而行，但这些政策对明初经济的恢复和发展，对明朝的迅速富足强盛，对社会的稳定和明朝政权近300年的延续，发挥了重要作用。

据史料记载，大明建朝时全国有耕地1.8亿亩，到25年后（1393年），已达8.5亿多亩。

而税粮征收数额比元朝最富足时增加了差不多两倍。老百姓的日子也较元朝时好过了很多。

《明史·食货志》载："计是时，宇内富庶，赋入盈羡，米粟自输京师数百万石外，府县仓廪蓄积甚丰，至红腐不可食。"

国强民富带动了工商业的发展，全国各地城市都呈现出生机勃勃、繁荣火爆的景象。

到明朝中期，中国已出现了马克思政治经济学说意义上的资本主义萌芽，出现了无产者和资产者的雏形。

此时的赤县神州，无论在生产力发展水平，还是在社会进步方面，都领先于世界。

郑和七次下西洋，是中国强盛国力和先进科技水平的体现，也反映了中国工商业繁荣发达，希望开辟国际市场的要求。而与繁荣发达的中国通商、进行各方面的交流，更符合世界各国各地区自身发展的利益。

明朝中期以后，由于倭寇的不断骚扰，明朝不得不实行"海禁"政策，但中国商人和货物曾经到达的地区和国家，依然沐浴在先进社会制度及科技文化影响的余晖中，对这些国家和地区的进步，依然产生着巨大的作用。

当然，"海禁"政策虽然是不得已而为之，但对中国本身的影响却是深远的。中国工商业者的利益受到了损害，更重要的是中国与西方开始萌动的资本主义失去了互相交流、互相学习的机会。

磁州窑的元气复生，还得益于朱棣定都北京。

燕王朱棣拥有重兵，把其侄子赶下台后，把明朝的首都从南京迁到了北京。这是中国的政治中心继元朝以后，再次回到北方。

朱棣定都北京后，为了加强南北交通，疏通了会通河，修整了运河，使南北物资货畅其流，人员来往便捷。

成化年间，磁州当地政府又为发展经济疏浚了滏阳河道，使淤塞不畅的滏阳河运输能力迅速恢复，重新加入由运河及其他河流组成的便利的通航水网，让装满磁州窑瓷器的商船顺流而下，运往北方各地的商号。

朱棣着力营造北京城，北京的规模较马可·波罗眼中的元朝大都又大了许多，市面的繁华也是元大都所不能比拟的。

朱棣继承乃父太祖皇帝的遗训，克勤克俭，吃饭、喝水的用具皆"撤玉器""用瓷器"。皇帝如此，天下效尤，王公大臣，豪门富户，也纷纷端起了瓷碗瓷杯。

这无疑推动了当时中国的瓷器产业。有钱有势的人家使用优质瓷器，普通百姓对实惠的磁州窑瓷器则更为中意。

而朝廷也没有忽视磁州窑，在磁州窑设立官窑，以烧制御用酒瓶、酒坛、酒罐，这无疑对已经名满天下的磁州窑，又是一次褒奖和彰扬。

由于北京城的扩张，拱卫京师的天津卫此时也开始崛起，磁州窑的市场进一步扩大。

虽然青花瓷开始大批涌入北方的城镇乡村，但磁州窑瓷器价廉物美，加之北方人民传统上对这类瓷器的认可，所有这些因素还是让磁州窑有了充分的生存和发展空间。

明朝统治近300年，磁州窑除元末明初时那一小段时间窑火摇曳、火势弱小外，其余200多年依然火势熊熊，照亮了北方的天空。

磁州窑的窑火自8000年前的磁山原始村落烧起，烧到五代时的贾壁窑、青碗窑，烧到唐宋时的观台窑、临水窑，烧到元明时的彭城窑，由这把熊熊燃烧的窑火烧制出的器皿，始终以碗、盘、盆、罐等日常生活用品为主。

从地下挖掘出来的瓷器、瓷片告诉我们，磁州窑因百姓生活需要而诞生，因百姓生活需要而发展。产品为百姓生活服务，是它百代流传、一脉相承的最大特色。

以磁山遗址为例，出土的陶器大多是当作锅使用的盂，装水用的罐，吃饭用的碗、盘。

以观台窑遗址为例，据磁州窑研究专家、邯郸文化局的马忠理先生统计，第一期地层出土的瓷器中，碗、盘、罐、灯、盆、钵等民间日用品占到了99%。

第二期地层出土的瓷器中，碗、盘、罐、灯、盆、钵仍然占大多数。

第三期地层出土的瓷器中，还是以民间日用瓷为大多数。而第四期地层亦复如是。

这些民间日用的碗、盘、罐等，因压缩成本、扩大产量，显而易见，比较起名窑官窑为皇室贵胄烧制的瓷器来，其质量大多比较粗糙。

比如碗、盘等外表面只施半釉，下部露胎；由于采取摞烧、叠烧的方式，碗盘内不可避免地留有支钉和沙粒造成的疤痕等等，显得不是很精致、优雅，但胎质坚硬、器壁厚实、经久耐用却是它的优点。

实用和坚韧，永远是人民群众对日用品的第一要求。

但是，磁州窑烧制的低成本、大产量的民间日用瓷器，却并不是粗制滥造的产物。相反，它也很重视瓷器的美。毕竟，人民群众也有对美的追求。

远在磁山遗址时期，原始窑匠们已经开始在粗陶上用手拍或捏，用绳和布压或印，用树枝、竹签或骨器划、刻、剔，创作出各式各样的花纹做装饰。

而陶器的形状，也尽可能做得既实用又好看。例如设计成鸟头形的陶盉的支架，则堪称一件艺术品。

到了瓷器时代，磁州窑的工匠们在丰富釉色和装饰技法上作出了卓越贡献。

他们的创新，大都是在民用瓷生产中成就的。而创新成果，也大都应用在了美化民用瓷上。

这里必须提及的是，磁州窑为追求美和市场效益，在不同时期，同其他窑场一样，也仿制过别的窑口的产品。

现在已经知道的是，隋唐时期，仿制过邢窑产品；宋金时期，仿制过定窑和钧窑产品；明清时期，仿制过青花瓷产品。

但由于原料的限制，大多数仿制品显得质地粗糙和工艺简陋，色彩不够鲜艳润泽。但由于成本低，作为民间日用瓷，还是受到了市场的欢迎。

也有部分仿制品由于使用了优质原料，达到了几可乱真甚至超过真品的程度。

明初学者曹昭在洪武年间写就的《格古要论》一书中说："古磁器，出河南彰德府磁州，好者与定器相似，但无泪痕，亦有划花、绣花。素者价高于定器，新者不足论也。"

在这里，曹昭所说的"好者"，就是仿制品。但磁州窑的仿制品没有流釉现象，即没有"泪痕"，因此以往在市场上的价格要高于定窑的产品。

由曹昭这段记述我们看到，磁州窑是可以生产出所谓"名窑"水平的产品的，只是因为受原料限制才无法大批量生产，"是不为也，非不能也"。

当然，靠仿制别的窑口的产品，是永远不可能兴盛的。所幸磁州窑这个历史悠久、规模庞大的窑场，没有把仿制作为自己的主要生产方向。

还必须提及的是，磁州窑的产品种类繁多，几乎覆盖了日常生活用具的方方面面。

换句话说，只要是生活用品，磁州窑都能够以瓷器的形式烧制出来。

在出土的磁州窑瓷器中，包括大宗的碗、盘、盆、罐，还包括痰盂、夜壶、茶具、文具、玩具、灯盏、瓷枕、瓷盆、酒坛、酒瓶、水缸、瓷绣墩、宗教祭祀用品（瓷观音、瓷菩萨、道教各路诸神瓷像、人俑、香炉灰罐、骨灰坛、各种明器礼器等）、建筑脊饰用品（琉璃瓦、琉璃砖、瓷龙脊饰、瓷瓦口瓦当等），甚至还发现有瓷凳等出土物品。

磁州窑瓷器极大地方便了百姓的生活。

磁州窑很早就可以烧制体形硕大的瓷器，这是其他窑口在很长的历史时期中都难以做到的。

在出土的文物中，甚至直到中华人民共和国成立初期的产品中，是很少看到体型很大的产品的。

磁州窑早在宋朝时就能够烧造大缸。元代、明代时磁州窑烧造的大缸已经天下驰名。

这种体形硕大、胎体厚实、质地坚硬的容器，在北方民间有着广泛的用处。城乡人家的院子里、仓房里，酿酒、造醋、腌制菜肴的作坊里，到处都摆放着釉色黑褐或者黄棕的大缸。

人们用它贮水贮粮，酿制玉液琼浆。有民谣赞颂磁州窑大缸的质量说："盛水不臭，盛酸不漏，盛粮食老鼠咬不透，盛咸菜年年吃个够。"

磁州窑的典型产品中，瓷枕和梅瓶也是名扬天下的。

枕是寝具，睡觉时用来垫在脑袋下，以求舒适。北方俗语叫"枕"为"枕头"，就简单明了地点明了这东西的用途。

我国使用枕的历史非常悠久。《诗经·陈风·泽陂》中有诗句"辗转伏枕"，是关于用枕的最早语言记录。这个时候是西周，中国人已开始在枕头上辗转了。

《礼记》一书中也说："居庐食粥，席薪枕块。"同样告诉我们西周时人们生活的状况：住在草屋里，吃小米煮成的粥，睡在草编的席子上，枕着木块或石块。

这里要注意的是，"枕"字的偏旁是个"木"字。

大约出现"枕"字的时候，枕头大多是由木头制作的。

但后来制作枕的原料越来越丰富，竹、藤、石、玉、陶、布，都可用来制作枕头。不过"枕"字已经形成，也就不便再更改偏旁了。

前面说过，"邯郸出虎枕"，战国时期，邯郸制造的虎形陶器枕头，就已经驰名天下。

人们既然学会了制瓷，自然也会考虑烧制瓷枕头。

中国目前出土的瓷枕实物，最早的始见于隋朝。

距磁州窑不远的河南安阳，有一座墓主名叫张盛的夫妇合葬古墓。据考证，这是隋开皇十五年（595年）时下葬封土的古坟。从这座古坟中出土的文物中就有一只瓷枕。

瓷枕光滑清凉，质地结实，接近玉枕的质感。把脑袋枕在上面，凉爽宜人，有驱火明目、延年益寿的功效。由于价格低廉，易于普及，到了宋代，瓷枕已十分普遍地出现在人们的生活中。

前面曾经提到，明代戏剧家汤显祖在剧本《邯郸记》中，专门写有一段唱词，说神仙吕翁送给书生的枕头就是磁州窑烧制的瓷枕。

由此可见磁州窑瓷枕在民间特别是在北方的名声是何等响亮。

其实，早在宋代，磁州窑和磁州窑系的瓷枕就已名声在外了。

巨鹿故城遗址出土的磁州窑瓷器中，有一件瓷枕，上书"崇宁二年新婿"字样。看来，这件瓷枕是为姑娘出嫁专门定做的嫁妆。

据《磁县志》载，明清时，冀南、豫北一带嫁女仍然有送一对瓷枕或一男一女新人枕的习俗。

"崇宁"是宋徽宗赵佶的年号。巨鹿居民嫁女，到磁州窑定做瓷枕做嫁妆，北宋时磁州窑的瓷枕产品，声誉不响亮行吗？

北宋诗人张耒，接受了友人赠送的一只磁州窑系巩县窑出产的瓷枕，专门写了首诗答谢。诗云："巩人作枕坚且青，故人赠我消炎蒸。持之入室凉风生，脑寒发冷泥丸惊。……"（引自《谢黄师是惠碧瓷枕》）

友人把巩县窑生产的瓷枕作为礼物送给著名诗人，于此也可知磁州窑系瓷枕当时的质量和名声。

有人统计，现在出土的宋金元明清瓷枕，80％以上是磁州窑和磁州窑系产品。

还有人统计，在今天私人和公共博物馆收藏的传世古瓷枕中，十有八九为磁州窑所产。

磁州窑的瓷枕之所以出名，还在于其无论造型还是装饰手法，都令其他窑口望尘莫及。

枕作为寝具，首先应让使用者用起来感到舒适。磁州窑瓷枕充分适应人们的需求，在不同时期具有不同的形状。用今天的语言说，就是产品总是与时俱进、具有时代感。

例如唐代时的枕头很小，长度多在10至20厘米，高度一般为10厘米左右。唐代传奇故事《枕中记》中说，道士从囊中取出一枕给卢生。枕头可以装进囊袋里，带着到处走，那枕头该是多么小巧！

唐代人睡觉枕这样小的枕头，是因为那个时期的人发髻高大膨松，梳理起来很费时间。为避免每天梳理的麻烦，保持发髻的齐整，唐代人睡觉时只是将头的下半部枕在瓷枕上。

宋代人的枕头比唐代宽大了不少，最大的瓷枕长度达到40厘米以上，是唐时瓷枕长度的2至4倍。

这是由于宋代时人们的发髻结于头顶，只是鸭蛋大小的一个疙瘩，睡觉时再也不怕压倒，枕头的尺寸便放得宽大起来。

毕竟，头枕着宽大的枕头睡觉才舒服。

在瓷枕外形的设计上，磁州窑充分发挥民窑自由创作、不受皇命官制拘束的优势，以人为本，尽量做到实用、美观。

磁州窑系生产的枕头不仅规格繁多、花色繁多，还变长方体瓷枕的线条为弧形线条，枕体成为两端高、中间低的哑腰形。

而枕面也设计为前低后高，有一定的倾斜度，使枕体更能满足人体舒适的需求。

如圆形枕，在北宋时期大量涌现。而其中的椭圆形枕，枕体在靠近人体颈椎处呈月牙形弯曲，不仅使枕面线条流畅柔和，富有艺术性，而且与人枕着时的接触面积增大，让人感觉舒适轻松。

有一种枕设计为束腰形，四面都可以做枕面。暑热难耐时，一面睡热了，可以把枕头翻个滚儿，再睡另一面。

宋朝大诗人杨万里有诗赞颂这种枕头："竹床移遍两头冷，瓦枕翻来四面凉。"

为了满足人们的心理需求，磁州窑还烧制有银锭形枕、元宝形枕、云形枕、八角形枕、人形枕、兽形枕、荷花形枕等等，已发现的造型多达30种。

这些造型都寓含有一定的意义。如银锭形枕、元宝形枕，象征着财富源源不断，滚滚而来。

虎形枕、狮形枕，借虎、狮的威猛，为睡觉的人镇邪避凶。

而妇人形枕、孩童形枕，则一方面是艺术品，让人觉得美观可爱，另一方面也祈求人丁兴旺，多子多孙。

磁州窑的各种装饰技法几乎都用到了瓷枕上，这使瓷枕更具观赏性，成了既实用又具有审美价值的工艺品。同时，也使瓷枕成了最能展示磁州窑艺术风采的典型器物。

磁州窑的工匠们在瓷枕上或刻或划，或印或剔，填彩贴塑，珍珠地，模印……这些技法有的独立运用，有的并用兼施。

在釉色、花纹和绘制使用的矿物颜料上，也不惮繁杂。白釉、黑釉、酱釉、黄釉、翠蓝釉、红绿彩等，在各种形状的瓷枕上都看得到。而白化妆土、斑花石、各种颜色的矿物颜料，更使瓷枕色彩纷呈。

瓷枕的枕面平整光滑，施敷白化妆土后更像宜书宜画的宣纸，这使磁州窑的工匠们更有了发挥艺术专长的天地，白地黑绘成了北宋及北宋以后瓷枕装饰的最常用技法。

工匠们用毛笔将诗词和绘画搬上瓷枕，加以釉封，不仅使古时人们的生活画面永久保存下来，而且也使瓷枕具备了丰富的文化内涵，在琳琅满目的古瓷器中凸显出特殊的艺术价值。

有专家称，磁州窑瓷枕就是一部民俗学辞典。

到明清时期，松软的丝绵制品成为枕头的主要制成材料，瓷枕的数量开始减少，很多窑口不再烧制这种寝具。

作为瓷枕主要产地的磁州窑彭城窑场，直到新中国成立后才停烧。

这样，延续使用了1000余年的中国瓷枕最终退出了历史舞台。

丝绵枕头能给人更多的舒适感，无疑是最适合的寝具。但瓷枕在人民生活中曾经起到的作用，也是应该在史册上留下一笔的。

磁州窑和磁州窑系的各个窑场，为中国人睡觉睡得好、睡得"高枕无忧"，作出了卓越贡献。

梅瓶和四系瓶是磁州窑古瓷器中另外两种最具代表性的产品。

梅瓶是一种上粗下小、口小颈短的长鸭蛋形瓷瓶，宋代时被称作"经瓶"，进入明代后始有梅瓶之称。

梅瓶一开始的用途，是作为装酒用的酒坛，"经瓶"的"经"，即是古时酒的计量单位。

宋代《侯鲭录》一书记载："陶人之为器，有酒经焉。晋安人盛酒似瓦壶之制，小颈，环口，修腹，受一斗，可以盛酒。……书云酒一经或二经至五经焉。他境有人游于是邦，不达其义，闻五经至，束带迎于门，知是酒五瓶为五经焉！"

由此看，一经即是一斗。一般一个"一经瓶"，大约可以装酒一斗。

河北宣化下八里辽代张世卿墓的壁画中，河北内丘胡里村金代墓的壁画中都绘有酒器，其中就有梅瓶。

而出土的宋金元时期的梅瓶上，很多都书有赞美酒或与酒有关的字样。

如上海博物馆收藏的两件磁州窑白地黑花梅瓶，瓶身上就各书有"清沽美酒""醉乡酒海"的字样。

酒瓶口小，易于封藏也易于直接向酒碗、酒坛中倒酒。瓶身上部硕大，能够达到其最大的容量。

而下部收束，引重心上移，既利于倾倒，也利于人们另一只手的把持。同时，还给人酒满外溢、醇香醉人的感觉。

作为盛酒的容具，梅瓶的确有其他酒具不可比拟的优点。

梅瓶的造型从艺术角度看，也十分美观。

它体态轻盈，曲线优美，同时又典雅端庄，很像身材修长、亭亭玉立的少女。宋朝苏东坡有词赞誉："欲把梅瓶比西子，曲直刚柔总相宜。"

有位学者曾对梅瓶造型的比例进行了测试分析，认为它在大小、高宽比例上，都与黄金分割值相近似。这让人们看起来就觉得十分"顺眼"。

由于梅瓶具有这种艺术性，而宋、金、元时期磁州窑的工匠们对产品又不吝装饰，因此，美观的梅瓶除了装酒，不断演绎成了人们家中的摆设。

梅瓶的口、腹深，宜插花，特别是适宜插干瘦枝硬的梅花。于是人们便常在空酒瓶中，插入折来的梅花供观赏。

有诗为证。宋朝杨万里吟道："萧萧只隔窗间纸，瓶里梅花总不知。"明朝郑板桥吟道："寒家岁来无多事，插枝梅花便过年。"

梅花淡雅高洁，铁骨铮铮。梅瓶端庄素朴，挺拔秀丽。两者相称，浑然合一，意趣天成。于是，渐渐地，"经瓶"的名字变成了梅瓶。

清代人著的《饮流斋说瓷》，也对梅瓶一名的来历作了个简单解释。这本书说："口径之小仅能与梅之瘦骨相称，故称梅瓶。"

梅瓶既有实用性，又有艺术性。到了元代，由于作为酒具的社会需求大增，梅瓶开始向"两极分化"。

一部分成了专门的酒具，为满足社会大批量、低成本的需求，不再下功夫装饰；一部分则向家庭陈设工艺品方向发展，刻划更精美，使其更富观赏价值。

自元代开始，作为专门装酒容器的梅瓶，多为素胎着釉。有的虽然施有白化妆土，但也很少刻划绘画，至多只是题几个字，画几道简单花纹，质地粗糙，造价低廉，即使专门为皇家宫廷生产的也是这样的。

此类梅瓶生产数量巨大，且多为定制。许多梅瓶瓶身上用草书写有订购者的名号，如"状元楼""仁和馆""元贞馆"等。所谓"楼""馆"，均是酒肆茶楼、客栈旅馆。

还有的瓶身上书有"梨花白""竹叶青""风吹十里透明香"等字样，则或是酒的名称，或是对酒的赞美。此类梅瓶一般为作坊和酒店而生产。

如果瓶身上书有"风花雪月""佳偶天成"等字样，那么这类梅瓶可能是为妓院、青楼烧制的了。

前面说过，磁州窑在元代、明代曾为皇室烧制过瓷器。这类瓷器大多是酒坛、酒瓶，其中以梅瓶居多。明代彭城甚至设有拥有40多座瓷窑的官窑，专为宫廷烧制酒坛、酒瓶。

《大明会典》载："明弘治十一年，进贡皇家之瓶坛一万一千九百三十六个"，"宣德间题准，光禄寺每年缸坛瓶，共该五万一千八百五十只。……酒瓶二千六十个。"

这只是一年中为皇家烧造的数量！当时为民间、为城乡市场烧造的梅瓶类酒器，数量就不知有多少了。

漫画家、作家毕克官先生，就1985年北京火车站邮局工地发现磁州窑瓷器一事写过一篇文章。其中就提到，"明代磁州窑生产了大量酒罐，至今北京潘家园市场仍有出售"。

在元代，磁州窑为皇室生产的梅瓶，有些瓶身上书有"内府"字样。而明代磁州窑的梅瓶贡品上则书有"内务府""高甜美酒""水浆"等字样。

向家庭陈设工艺瓷方向发展的梅瓶，在装饰上则不吝惜工本。宋、金时期磁州窑生产的梅瓶，几乎每一只都是精品。这个时期的磁州窑梅瓶体形纤细而修长。

元代以后由于大批量生产，追求低成本，精品较少。但只要是精品，其釉色、装饰图案的刻划、绘制及布局等，水平往往高于宋金产品。

元代的梅瓶有一些在高度上超过宋代，形体也显得较粗壮。有人说，这是由于受到北方游牧民族审美情趣的影响。

明代的梅瓶局部丰满，形体浑圆，高度较元时又矮了一些，但显得稳重，也很漂亮。如果说宋金时的梅瓶可以喻为少女，那么明代的就像是成熟的少妇了。

磁州窑梅瓶上的装饰图案以牡丹为主，常见的布局是肩部剔有或绘有规整排列的花瓣纹，底部也如是。

在肩、底部之间瓶体面积最大的部分，则是大朵千姿百态的缠枝牡丹。

这些牡丹有的两两相对，一朵向上怒放，一朵向下低垂；有的呈几何状排列，菱形的折枝牡丹花各呈芳姿；有的茎蔓缠绕，错落有致，茎叶簇拥着朵朵盛开的花朵。

而白地剔刻或白地黑绘技法的运用，使得图案黑白对比强烈。牡丹花的雍容华贵、美丽大方，在梅瓶上得到了尽情的展露。

磁州窑梅瓶的装饰图案除牡丹外，还有莲花、梅花、龙、凤、虎、人物、书法等，也都十分漂亮，使梅瓶各具风采和韵味。

前面提到的日本白鹤美术博物馆收藏的那只白地黑花龙纹梅瓶，就是个典型代表。

自北宋以来，梅瓶摆放在文人雅士和普通百姓人家的几案桌架上，供人们欣赏，为居室增辉。

许许多多的窑口仿制和改进这种瓶子，更使它风靡大江南北、赤县神州，成为中国工艺瓷中的一朵奇葩。

现在，典雅的大型建筑厅堂中，豪华的饭店宾馆里，几乎到处都有梅瓶和由梅瓶变形放大的工艺瓷瓶的身影。

磁州窑把酒瓶也烧造得如此之好，这个窑场的烧造基础和功力，不能不让世人惊叹！

和梅瓶形状相似，但在肩颈部有系纽的酒瓶，磁州窑也有大量烧制。

酒瓶肩颈部有系纽，拴上绳子，便于提携。有三个系纽的称为三系瓶，有四个系纽的称为四系瓶。

人们发现，磁州窑烧制的四系瓶数量较多。

四系瓶一般高不盈尺，直径 15~20 厘米，小巧玲珑，专为盛酒之用。因之，同专为酒器的那部分梅瓶一样，注重低成本和实用性，不做装饰或只做简单装饰，釉色简单，质朴无华。

磁州窑的四系瓶自金代晚期开始烧制，元代大批量生产，明代还有延续。

迄今发现证明，四系瓶元代为最多。此时的四系瓶一般在瓶体上半部施白釉，下半部施黑釉。上白下黑、素白素黑，虽然色彩简单，但是对比强烈，既给人一种沉稳感，又散发出一种耐人寻味的艺术魅力。

同专为酒器的梅瓶一样，四系瓶在上半部施白釉处的瓶体上多书有墨色的字体。这些字一般是定做者的名号，如"仁和馆""武阳馆""八仙馆""嘉和馆""太平馆""同乐馆""贞元馆""临波馆"等等，多为茶肆酒楼、旅馆客栈。瓶上书有名字，既写明归属，又可做广告。

也有的瓶上直书主人姓氏，如"李家用""焦家用""赵家瓶""纪家瓶""白家酒"等。这瓶的主人或者是家境殷实、名声显赫的商家富户，或者是酒坊酒肆的老板。

还有的瓶上书有"竹叶青""梨花白""秋露白""羊羔酒"以及"招财利市""酒色财气""清酒肥羊"等字样。显见这是酒的名称，或者是酒家常用的广告用语。

若瓶体上书有"清风明月""江天暮雪""远浦帆归""风雨夜来时""杨柳岸头鱼"等字，则此瓶可能为茶楼专用。

还有的瓶体上只书年号，如"皇庆年""大德年"等，这应该是瓶子烧制的年代。

四系瓶上的字体一般为草书，无拘无束，潇洒流畅。三字铭文多在瓶的肩部斜着写下，好像很随意，只是做个记号而已。四字铭文或四字以上的诗句，则多环瓶而写，也是随手挥洒，神采飞扬。

有些四系瓶上绘有简单图案，有龙纹、凤纹、草叶、花卉、人物等，也大都寥寥几笔，简练生动，颇见制瓶工匠的书法、绘画功底。

值得一提的是，有两件传世磁州窑瓷器上书有八思巴文字，因而成为不可多得的珍品。

一件是磁州窑仿制的钧瓷盘，现为私人收藏。该盘为青绿釉，有窑变开片现象。盘底未上釉，书写有四个八思巴文字，墨渍已浸入到瓷胎中。字意尚未译出，推测应是年号或姓氏之类。

一件就是四系瓶，现藏于伦敦大英博物馆。该瓶轻盈小巧，上白下黑。自瓶肩斜斜向下，醒目地书写有一行八思巴文，笔墨流畅，一气呵成。

中央民族大学教授、八思巴文研究专家照那斯图先生，译此为"美酒"两字。由此可知，该瓶是专为元朝宫廷或官府烧制的。

该瓶图片曾被日本出版的《世界美术全集》收录，使各国研究者得以一睹它的风采。

八思巴文，是元世祖忽必烈时创制的一种蒙古文字。

长期以来，蒙古族没有自己的文字。为了加强统治，忽必烈下令掌管宗教的大臣八思巴，仿照吐蕃字体创制蒙古文字。

八思巴创制的蒙古字是一种拼音文字，共有 41 个字母。因是八思巴创制，人们便称其为八思巴文。

至元六年（1269 年），忽必烈下诏颁行。但中国已有成熟文字，自原始社会后期至此时，已使用了 4000 多年，士人百姓都觉得好用。因此八思巴文实际上只是元朝官府使用，民间未曾流行，特别是在汉族区域内。

由于不能在全国普遍推广，加之元朝统治时间仅有90多年，因之，出现这种文字的瓷器便属凤毛麟角。景德镇的官窑瓷产品上偶有发现，磁州窑瓷器上就更罕见了。

这样，磁州窑书有八思巴文的瓷器，就因极其稀少而格外珍贵。

16 闭关锁国：差点窒息了磁州窑的火焰

在中国历史上，由于这样那样的原因，不乏如下的例子：人口数量少的民族，征服了人口数量多的民族；社会发展阶段落后的民族，战胜了社会发展水平领先的民族；生产力低下、科学技术不发达的民族，奴役了生产力水平高、科学技术发达的民族。

辽与北宋，金与辽和北宋，蒙古与南宋，都是这样的实例。

而每一次这样的战胜和征服，都迟滞和减缓了中国经济发展和社会进步的步伐。

17世纪中期，中国辽阔的土地上再一次上演了这样一幕。

活跃在长白山脉和黑龙江流域的女真人，又一次走到了历史的前台。

这个民族的人剃头时把前半部的头发剃得光光，只留下后脑勺上的头发，且梳成一条长长的辫子。这个拖着长长辫子的民族，有着很强的战斗力。

他们吃苦耐劳，团结一致，勇猛彪悍，全民皆兵（所谓入则为民，出则为兵）。

在其民族发展还停留在原始社会阶段的时候，它就打败了契丹人建立的辽国，进而不断威逼、掠掳社会发展水平在当时居世界前列的北宋。

它最终灭亡了北宋，俘虏了大宋的两个皇帝，把生产力水平高、科技文化发达的汉人政权，赶到了淮河以南。

蒙古人崛起后打败了它，它又退回白山黑水之间休养生息。

400多年以后，它卷土重来，在吴三桂的引导下杀入山海关，并且一鼓作气，把整个中国都踏在了战马的铁蹄之下。

这个时候，它仍然拖着辫子，只不过已经把族名改做了"满"。它的全部人口不足百万，兵马也只有区区八旗。

清兵入关以后，到处烧杀抢掠，跑马圈地，农业生产遭到严重破坏，工商业发达的城市被"屠城"，男男女女、老老少少被杀尽，城市一夜之间沦为废墟。

人民财富或毁于战火，或落入满族贵族囊中，社会经济和生产力遭到严重破坏，明朝中期就已出现的资本主义生产关系失去了存在的基础，中国社会的贫穷和败落就此开始。

就是清朝贵族在华夏大地上站稳了脚跟，巩固了政权，意识到必须发展经济才能"江山永固"、帝祚万世，但他们毕竟是世代渔猎的奴隶主，意识观念不可能在短时期内飞跃而进入农商经济阶段，何况，在思想文化上他们仍然实行恐怖政策，这肯定不利于社会文明的进步。

据《中国近代经济史》："17世纪中期，由于清朝初期对中国社会经济的破坏，资本主义萌芽曾经一度趋于萎缩。到18世纪中期，随着社会经济的恢复和发展，资本主义萌芽重新得到发展。到19世纪前期则超过了明朝末年。"

注意，到18世纪中期，资本主义萌芽才重新获得发展，到19世纪前期，中国的资本主义萌芽才超过了明朝末年的水平！

这就是说，中国的社会进步停止了近200年！

这200年中，世界却在向现代文明飞速前进！

这200年中，英国爆发了资产阶级革命，瓦特改良了蒸汽机，国家科学技术水平提高，经济实力大增，英国一跃成为世界头号强国！

这200年中，法国、德国、俄国、美国以及欧美的其他国家，以这样那样的形式和路径，确立了资产阶级政权，把国家推上资本主义发展的快车道，迅速奔向工业化和现代文明！

中国却由于清兵的入关，正常的社会进程被打断，直到19世纪前期资本主义萌芽才刚刚超过200年前明朝末年的水平！

"噩梦醒来迟。"这个时候，现代世界的力量格局已经重塑，鸦片战争的乌云正在翻滚着压来，中国离挨打、一再割地赔款、被抢夺搜刮，陷入更贫穷、更落后的半封建半殖民地深渊的日子，已经不远了。

在这种形势下，中国资本主义萌芽生长的环境只能是日趋恶劣。

而清朝统治者因为担忧东南沿海人民与台湾郑成功集团以及外国"夷人"相联系，同时也为了维持清朝"永久"的尊严与统治，立国之初便实行"闭关锁国"政策，规定"片板不准下海"。

康熙时更强迫沿海居民搬离海岸25千米，连大海也不让人民看到。清朝的"海禁"引起西方人的不满，英王乔治三世致信乾隆，乾隆竟然复信说，天朝物产丰富，无所不有，不需要海外贸易！

清朝的闭关锁国政策，进一步阻断了中国民族资本了解世界、洋为中用、发展自己的机会。

曾经昌盛、强大的"中央之国"，贫穷、落伍、挨打、被人放到砧板上随意宰割的命运，已经降临了。

中国的陶瓷产业历史由此也发生了转折。

清朝一代的陶瓷业没有取得什么技术上的进步，加上"闭关锁国"，"片板不准下海"，欧洲市场被日本陶瓷乘虚而入，完全占领。

而欧洲和日本陶瓷在清朝统治中国期间，不仅生产技术有了提高，而且扩大了生产规模，从手工业作坊进入到了现代工业生产阶段。

鸦片战争打开中国大门之后，"洋瓷"大举涌入，中国以往令世人羡慕不已的陶瓷产业，在产品质量和生产成本上都已无法同"洋瓷"争夺市场，昔日的陶瓷大国，迅速衰落下来。

清朝康熙皇帝喜欢瓷器，在皇宫内筑起瓷窑，选调来瓷匠，烧制各种瓷器。其中的"珐琅彩"瓷，有人说是中国瓷器的巅峰之作。

康熙不是陶瓷专家，甚至连陶瓷工匠也算不上。他喜欢陶瓷，不是要发展中国的陶瓷技术，只不过像小孩子一样爱玩泥巴罢了。

"珐琅彩"瓷是由景德镇官窑先精心制作出瓷坯，千里迢迢，小心翼翼运来北京，然后由宫廷中的御用画师，使用进口的珐琅质颜料，按照西洋画法在瓷坯上打稿作画，最后罩釉烧成。

由于珐琅质颜料在烧制前是什么颜色，烧成后还是什么颜色，不像传统的矿物颜料烧制过程中会产生窑变，因而瓷器花纹图案的颜色容易掌握。

加之作画是西洋画法，讲究光线明暗、远近大小比例，故烧成后的"珐琅彩"瓷器色彩缤纷亮丽，并且富有立体感。

但是这种瓷器的装饰技法仍然是磁州窑的白地黑绘技法，只不过是使用了进口的珐琅质颜料。在瓷器烧制技术和装饰技艺上并无突破。

而且，这种瓷器的制作不惜工本，只是为宫廷大内的闲暇娱乐而作，于国计民生和瓷器生产技术进步没有什么值得称道的助益。

磁州窑的命运同中国大多数民窑窑场一样，在清兵入关制造的这场血雨腥风中窑火摇摇欲灭，岌岌可危。

后来，由于清朝统治者开始重视经济的发展，特别是为鼓励人口增长，实行"摊丁入亩"的纳税政策，结束了中国封建社会2000年来的人头税制度，中国人口开始激增，社会对瓷器的需求也随之增加，磁州窑的生产才得以恢复，并且逐渐有所发展。

康熙时编纂的《磁州志》对此有反映："彭城滏源里居民善陶罂之属，舟车络绎售于他郡。"

此时的彭城镇，有碗窑100余座、制碗工匠1000余人，虽没有恢复到元、明时期的规模，但仍然与南方的景德镇同属中国最大的瓷器生产窑场，不相上下。

景德镇生产官府所需的全部瓷器，质量上乘，追求华贵高档，在中国社会中声名远播。

磁州窑则秉承传统，默默地生产民间日用瓷器，产品丰富，种类庞杂，实用价廉，薄利多销，在北方百姓中享有良好口碑。

但磁州窑也同中国其他窑口一样，在整个清代都没有烧制技术和装饰技法上的创新。

只是到了清代晚期，由于氧化钴矿物颜料（俗称"洋青"或"苏麻离青"）的大量输入，也开始烧造青花瓷器。

磁州窑是自由生产的民窑，民众需要什么就生产什么，市场上什么好卖就生产什么。在北宋、元、明时期，也都曾生产过青花瓷器。

特别是在明朝，青花瓷器风行天下，是很能赚钱的瓷种。磁州窑也参与了生产，希望参与利润盛宴的分享。

但是由于缺乏氧化钴矿物颜料，只能小批量生产，社会影响不大。直到清代晚期，这种局面才得到改观。

磁州窑青花瓷与景德镇青花瓷，从制作工艺到瓷器外观色泽、装饰图案上都有不同。

磁州窑青花是在施有白化妆土的湿瓷坯上写字或作画，而景德镇青花没有白化妆土这层"地"。比较而言，磁州窑产品装饰的难度比较大。

前面说过，它要求蘸了颜料汁的毛笔在湿坯上一挥而就，不能迟滞，不能反复描画。不然，笔下的化妆土会和湿坯"和泥"，或者白化妆土浮起，破坏颜料色彩的纯净度。

这要求写字作画者有相当的功力，并且在写字作画前对写画的内容、布局等必须胸有成竹。

但这也有好处，这种装饰方法造就了磁州窑瓷器上的字画更生动流畅、豪放洒脱，富有传统水墨画的意韵。

这是其他窑场的瓷器所不具备的。青花瓷器也是如此。

清末磁州窑青花瓷，还吸收了民间剪纸和蓝印花布等图案装饰的手法，不仅构图清新淳朴，率真豪放，而且题材多样，笔法灵活，洋溢着浓郁的生活气息。

磁州窑瓷器由于涂饰了白化妆土，因之呈现出乳白或象牙般微黄的色调。氧化钴的蓝色是一种冷色，与白化妆土的底色相配，烧成的瓷器色彩柔和，雅丽悦目。

为了进一步减少色彩反差，磁州窑还生产一种在白化妆土中掺和了微量钴元素的青花瓷。

这种瓷器仍以"洋青"为颜料，施釉烧成后底色为淡蓝，图案为深蓝，给人一种朦胧幽深的感觉。

而有时为了增加反差，磁州窑的青花瓷器中，也有在"洋青"中掺入氧化铁颜料书写作画的产品。

这种产品图案色彩丰富，层次分明，避免了单调呆板。

可惜，由于清政府的腐败，使充满发展潜力的磁州窑未能获得长足的发展，始终处于一种生存艰难的危机之中。

从乾隆执政的后半期开始，清政府的腐败越来越明显，越来越严重。

不仅官场中贪污受贿屡见不鲜，曾经很有战斗力的八旗子弟也因长期养尊处优，没有了入关时那种勇于冲锋陷阵、生死不惧的慑人威势。

到咸丰时，甚至出现了官佐士兵羸弱不堪，接受检阅时骑不住战马，从马上接二连三跌下来的笑话。

终于，强盛起来的大英帝国，只以区区4000多人的海军陆战队，几十艘小吨位战舰的兵力，就打得清军手忙脚乱，俯伏在地，割地赔款，从而让在地球上领先了几千年的中国丢尽颜面，被世界再也瞧不起。

从此，磁州窑的生存又多了一层磨难：成本低廉、工业化生产的"洋瓷"，从大开的国门中蜂拥而入，抢占了大部分市场。

清朝末年，磁州窑萎缩到只有130多座缸窑，只能生产大缸一类粗货的地步。许多传统的制瓷和装饰技艺渐渐失传了。

但磁州窑的窑火仍然顽强地燃烧着，让世人看到中国民窑还存在，中国陶瓷史还在继续。

磁州窑火在民国的风雨中摇摇欲灭

1912年，腐朽的清政府倒台，对中国的民族工业发展是个解放，对中国的社会发展是个解放。之后，由于帝国主义列强忙于"狗咬狗"的第一次世界大战，生死未卜，无暇抽身东顾，对中国的政治、军事干涉和经济侵略，都暂时放松了。

彭城的陶瓷业开始有了民族资本的注入，陶瓷生产很快得到恢复。

据民国时期的《直隶地理志》记载，磁县"西乡彭城窑业，矿产资源丰富，为本县菁华"。

20世纪20年代初期，彭城瓷窑增加至235座，缸窑35座，工人5000人左右，年产碗300万纣（约1亿件）、缸70多万件，行销华北、东北、西北及北京、天津等13省市区，一时颇有再现磁州窑往昔繁华的势头。

当时的调查资料描述："窑场集于彭城四周，窑场林立，场屋相连，所占面积纵横二十余方里。中间市廛连亘，磁店林立，每日运瓷运料之人力车首尾衔接，鱼贯穿插，市无隙地。"

"窑场之中则轴声辘辘，坯器杂列，各部工人尤觉寂静而匆忙。窑场之外，残瓦碎砾，堆积如山，常高出地面二十公尺以上。弃缸废笼，壁砌巷排，路为之隘。"

"四郊则矿井相望，运料之人力车及驮载燃料、瓷釉之牲畜，络绎于途。彭城纸坊间为成品出境之咽喉，客商往还，尤觉车马凡量。故一至其地，即得见尘沙飞扬，煤烟蔽空，而知为一旧式工业之中心也。"

20世纪20年代的《增修磁县志》也有相同的

记载。

这些记载生动地描述了作为北方瓷都的彭城在民国时期生产的盛况。但这只是在战争间隙，市场竞争非正常减弱的情况下出现的，因而也是暂时的。

清朝统治近300年来造成的中国落后局面，并没有从根本上得到扭转。这种一时的繁荣只是一种低层次的重复，注定只是昙花一现。

第一次世界大战结束后，帝国主义再一次把目光齐齐地投向东方这个庞大但虚弱不堪的巨人。

它们支持各派系军阀，怂恿军阀间争斗不已，企图分割和肢解这个巨人。中国大地上的战火连绵烧起，磁州窑的生产很快转入萧条。到1932年，窑场瓷窑已减为152座、缸窑30座。

靠发动侵略战争、吸食东亚国家血肉迅速肥壮起来的日本帝国主义，1931年占领中国东北，1937年全面侵华，中国又一次陷入了腥风血雨之中。

九州大地上的民族资本主义工商业，也又一次受到残酷打击。

彭城窑业遭到严重破坏，到1945年日本投降前夕，大部分窑场关闭，仅剩下瓷窑47座、缸窑9座，制瓷工人不足千人。磁州窑生产跌入最低谷。

总的来看，民国时期虽然短促，但这却是中国社会发展史上值得书写的一段时期之一。

这是一个天翻地覆的时代，是一个大变动、大变革的时代。

在这38年中，各种各样的主义，各种各样的思想观点，被引进到古老的中国，中国人民的现代民主意识和科学技术观念，迅速建立起来。

在这38年中，在政治上，黑暗腐朽的清王朝倒台，资本主义性质的中华民国建立，各派系军阀混战，日本侵华，中国共产党领导的新民主主义革命取得胜利。

在这短促但狂澜迭起、风疾雨骤的38年中，磁州窑火在风雨中摇曳，却仍在顽强地燃烧。

此一时期的磁州窑，产品中除日常用的碗、盘、盆、罐外，最具特色的是猫形瓷枕。

这种瓷枕的造型是一只卧着的猫，猫头昂起，双耳直立，炯炯有神的眼睛紧盯前方，似有所发现，透出捕鼠动物特有的灵性。

猫形瓷枕线条圆滑，全身布满圆点花纹——晚清时花纹为黑色，民国时为深褐色。

这种瓷枕造型逼真，富有艺术性，又很实用，保留了磁州窑产品的一贯风格，因而销路极广。

20世纪六七十年代，在北京、天津、河北、河南的城乡居民家中，还可以看到许多人家的炕头上摆有这种枕头。与主人交谈，听得出他们对瓷枕的珍爱。

民国初年，由于中国工业的发展，特别是民族工业的发展，电力需求激增，电器设备中的陶瓷材料迫切需要国产化，以降低成本，并且为供货提供方便。

彭城瓷业为满足要求，成功研制绝缘性能和机械性能良好的"电瓷"，投入国内市场。

这是中国最早的电力工业用瓷。磁州窑优秀的技术和创新能力，受到当时民国总统袁世凯的通令嘉奖。

磁州窑为什么不见于经传却寿数绵长

民国时期，巨鹿故城的破土重现，让世界知道了磁州窑，从此，对磁州窑的研究掀起了一波又一波的高潮。

在这之前，磁州窑在偌大的中国是没有什么名声的，没有多少人知道它。

甚至，这个烧造了许许多多代陶瓷的庞大窑场，连个名字也没有。

不仅如此，在中国古代很长一段时期中，对磁州窑的生产工艺及产品，看不到任何官方经典和文学作品有片言只字的记载。

就是在瓷器生产十分兴旺的宋代，官宦富商、文人雅士中喜爱瓷器的有不少人，他们言必称汝、定、哥、官、钧，对从远古时就是中国北方最大窑场的磁州窑，却惜墨如金。

直到明朝初年，一个名声并不怎么响亮的学者曹昭，才在他写的鉴别古董的著作《格古要论》一书中，提及磁州窑的产品。不过，也只是寥寥数语对产品进行了简单评价。

另一位学者谢肇淛在所著《五杂俎》中，对当时普遍使用的"磁器"一词的来历，作了个简单解释，指出是因为磁州窑生产的瓷器，天下最多，人们才把瓷器叫作"磁器"。

值得注意的是，谢肇淛的这个解释是中国第一个称北方这个最大窑场为"磁州窑"的最重要的文献。

谢肇淛首议后，未见有人附和。直到清代朱琰著《陶说》，才又一次使用了这个名称。朱琰说："磁州窑，在河南彰德府磁州。"

这些文献在当时及以后产生的影响并不大。而且，这些作者对磁州窑的生产也并不是十分了解。他们的简单记述和解释，给人们的印象也就不太深刻。

因此，明朝以后提及磁州窑的文字资料依然不多。对这个古老窑场的称谓，也还是杂乱而不明确。

巨鹿故城出土的瓷器流向海外后，引起了外国学者的极大兴趣。

欧、美、日研究者把这些美丽的瓷器与以往所知的瓷器做了比较，认为从造型到装饰，与巨鹿故城在世时的其他窑场产品都不相符，有着自己的鲜明特色和风格。

而这种特色和风格，同现在仍然在烧制的磁州窑窑场的瓷器很是相像。

磁州窑的窑场位于磁县境内，确切地说，北宋时主要在漳河、滏阳河两岸。

而巨鹿也濒临滏阳河，与磁州相距不远。磁州窑所产的瓷器顺流而下，很方便、很快捷地就可以送到巨鹿。

于是，美国学者霍普逊在研究论文中把巨鹿故城出土的瓷器，定名为磁州窑瓷器。而生产这种与官窑产品风格相异的瓷器的窑场，便被定名为"磁州窑"。

为烧制古代瓷器的窑场命名，其根据一般有：古窑场所在的位置或行政区；古窑场所有者的姓名；古窑场经营的性质等。

其中，根据古窑场所在地命名的最为多见。

霍普逊对磁州窑的命名就属于这种情况。

20世纪20年代，在世界性的磁州窑陶瓷研究热潮中，也确实迫切需要对磁州窑有一个统一的称谓。霍普逊对磁州窑的称呼，很快被世界各国包括中国的学者认可。

从此，邯郸磁县境内庞大而历史悠久的古窑场，就有了一个世界性的名称。

磁州窑是中国古代最大的窑场，窑火燃烧了8000多年，烧制了无数的陶瓷器，甚至"瓷"字也被"磁"所取代，但为什么中国的古籍文献却对它视而不见，只字不提呢？

写文章典籍的官吏和文人，不可能都孤陋寡闻，不知道有这样大的一个窑场。

理由只有一个：磁州窑的身份。

磁州窑是民窑。

民窑就是老百姓办的窑，为老百姓生产日用品的窑。

自从西汉董仲舒提出的"罢黜百家，独尊儒术"被统治者所采用，儒家思想就统治了中国人的头脑。

儒家思想的核心，是建立并维护社会秩序。君臣父子，大小尊卑，每个人要明白自己的身份和所处的社会地位，恪守本分，不得僭越。否则，就是"大逆不道"。

皇帝是天子，天下共仰；官僚是"大人""父母"，要尊之敬之；老百姓是"小人""草民"，卑贱如草芥，不值一文，只有俯伏在地，接受统治压迫。

这样，老百姓办的、为老百姓生产生活服务的一介瓷窑，还有谁会注意，谁会在历史文献里写到、提到呢？

儒家思想体系重文科、轻理科，重文学政治、轻科学技术。当儒家思想排斥百家之言占据统治地位以后，势必会影响到中国人的世界观乃至历史研究的方向。

封建社会的知识分子能滔滔不绝地讲三皇五帝、诗云子曰、齐家治国平天下，却不屑于钻研科学技术，搞发明创造。甚至把钻研科学技术搞发明创造，看作是搞"奇技淫巧"、旁门左道，必欲声讨之、剿杀之。

这样的思想体系长期统治中国，造成了中国社会与西方社会的一个显著区别：不重视科学技术，不尊重科技发明人才。中国史册上到处是文臣武将、政治人物的传记，却鲜见对科技发明人才的记述。

如磁州窑这样大的一个窑场，在中国史册上得不到反映，儒家思想体系难辞其咎。

封建专制社会的读书人，读的是儒家的书，学习的是儒家的思想礼仪，追求的是"学而优则仕"，把做官当作读书、学习的最大目的和归宿。

他们也知道"君为轻，民为重""百姓是根本"，但"官贵民贱"的意识深入到了骨头缝里。

有些人虽然"说大人则藐之"，但他们对"大人"并不是一概"藐之"，他们并没有放弃仕途，他们做梦都要做"大人"。

在中国的封建社会里，这样的官吏和文人，怎么会去关注和记载民窑的状况，去思考官窑的工匠和技术都征自民窑，民窑的兴衰关乎百姓生计，是陶瓷行业的根本和基础，民窑的发展应该是陶瓷历史记述的主体这样的问题呢？

当然，中国史籍中不写民窑，只写官窑，与写这些文章的人接触官窑瓷器最多也有关。帝王臣僚、文人墨客，欣赏把玩官窑瓷器，听的说的便也多是官窑瓷器，这恐怕是最直接的原因。

这样，中国人自己写的陶瓷史就出现了令世界感到奇怪的现象：中国的古籍文献中，对历史短促、生产的产品很少、产品只在社会上层一小部分人中流传的窑场记述周详；而对烧造历史悠久、产品覆盖天下、民间大多数人家都离不了的窑场，却很少花费笔墨。

不过，磁州窑从未计较过这些，该烧造还烧造，窑火从容燃烧。

我们已经知道，它的窑火自新石器时代早期烧起，一直烧到辛亥革命，烧到中华人民共和国建立，还是顽强不熄，摇曳生姿。

一代代被臣僚山呼"万岁"的皇帝化作了污泥，一座座在史籍上放射着光芒的名窑变作了废墟，磁州窑却寿数绵长，历万劫而不倒。

名声很大的倒了，许久都没有姓名的却延烧至今，这是对古代文章典籍的绝妙讽刺，这才是真正的历史。

为什么会这样呢？这里面的原因是什么？我同许多朋友探讨这一历史之谜，大家一致的看法是因为磁州窑是民窑。

因为是民窑而被史籍冷落，又因为是民窑而久烧不衰。这奇怪吗？

不奇怪。

磁州窑是因人民生活需要而产生的，立窑以来，它也一直为满足人民需要而生产。

它的资本来自民间，它的工匠和技术来自民间，它的产品市场在民间，这就使它的生存基本上不受朝代更替的影响。

这个皇帝上了台，人民要吃饭喝水，就要用到陶瓷；一个皇帝倒台了，另一个皇帝一统天下，人民还是要吃饭喝水，仍然要用陶瓷器皿。

人民永在，陶瓷市场就永在。

皇帝官府不给投资，磁州窑的生产也就不受皇帝官府盛衰的影响。

官窑不行。官窑是官办的，看似巍巍然，没了"皇粮"维持，官佐和工匠就作鸟兽散。磁州窑不怕，只要有市场，就会引来投资。

磁州窑不为御用官用,不生产皇族贵胄、富豪使用的、不计成本的豪华瓷器。它讲究实用,讲究低成本。

而人民是消费者的主体,实用、价格低廉永远是这一主体所看重的。

一句话,磁州窑是民窑,它是和广大人民群众紧紧联系在一起的,人民不朽,它就有强大生命力。

当然,除了这一主要原因,磁州窑的长寿也有其他原因。

它的地理条件十分优越,这个条件为它的长寿提供了天然基础。

它所在的地域,原料齐全而丰富。这儿有充足的高岭土、釉料和优质煤蕴藏。这儿的高岭土虽然纯度低,但价格不高,能满足民间市场的需求。

它所在的地区有良好的水运条件,可以通过船舶把陶瓷这种沉重又怕磕碰的产品,以最小的损失率快捷运往河流沿岸的城乡市场。

历史上,滏阳河、漳河常年可通航,与海河、黄河水系的大小支流以及运河、海洋一起,组成了可通达各地甚至海外的水运网。

磁州窑地处太行山麓,属于中国开发最早、长期是经济中心的中原地区。这里密集的人口,繁荣的城镇乡村,为磁州窑提供了购买力旺盛的传统市场。

虽然这个地区战火不断,历来都是兵家必争之地,但是战争过后,每每有几十年的休养生息时间,它很快又人口繁稠,重新兴旺起来。

即便是在江南得到开发以后的时代里,本地的经济中心地位有所下降,却依然还是中国人口最多、经济最发达的地区之一。

磁州窑悠久的历史，是它生命力强大的又一个原因。

在 8000 多年的烧造史中，磁州窑的中心窑场几经迁徙，但始终是在磁山滏阳河、漳河之间很狭小的一片区域内游荡，方圆不过几十千米。

而磁州境内的其他窑场也处处冒烟，窑火不断，这就给了消费者一个磁州窑自古规模庞大、是个老字号的感觉。

而规模庞大，又是老字号的企业，消费者是十分信赖的，在市场上占有先天的竞争优势。

烧造历史悠久，在窑场所在区域积淀的技术和文化就深厚。就像一座酿酒历史悠久的酒坊，土壤和空气中都散发着浓郁酒香气的酒曲味。

峰峰矿区有一句俗语："入城随城，入乡随乡，到了彭城会捏缸"，就反映了这种积淀深厚文化的强大影响作用。

在一个历史短的窑场，是不会有这样的积淀和影响的。

这种积淀和影响，有利于技术的传承、工匠的成长，有利于产品质量的提高，也有利于技术和工艺的丰富、创新。

民窑、优越的地理条件和悠久的烧造历史，所有这些因素的共同作用，就使得磁州窑在艰难严酷的环境降临时，也能够延续生存，具有了官窑和其他民窑只能兴叹的强大生命力。

磁州窑与祖国共繁荣

新民主主义革命胜利以后，摆在中国人民面前的路有两条：一条通向资本主义，一条通向社会主义。

中国无产阶级通过他的政党和领袖，毅然选择了社会主义道路。

这是一条缩短社会发展阶段的道路。它跨过资本主义，把中国从半封建半殖民地社会，直接跨越到了社会主义社会。

而要实现这个伟大跨越，中国无产阶级必须从政治到经济、从文化教育到思想意识，采取一系列强有力的革命性措施。

这个跨越在世界上是没有先例的。这是一个历史性的艰难创举。

形象一点说，中国人民选择的社会主义道路，只有一个方向，而没有现成的道路，甚至不知道前面会出现什么样的艰难险阻。中国共产党必须领导人民在茫茫山野中披荆斩棘，摸索出一条路，闯过一个个坎坷、陡壁、河汉。

70多年过去了，中国在日益强大。虽然人民还不足够富裕，社会福利与发达的资本主义国家相比还有一定差距，但坚实的工业基础已经奠定，经济和科学技术的快速发展引起世界瞩目。

中华儿女勇敢坚韧，不畏强暴，不怕牺牲，与国际敌对势力拼死相搏，打出了威风，打出了地位，拥有了丢失已久的尊严。

初步看，中国在社会主义道路上的跋涉是成功的，虽然不是每一步都足下生辉，光彩照人，其间也有失误。今后，也许还是这样。但方向没有错，中国

的崛起和伟大复兴已是不争的事实。

　　磁州窑在这 70 多年里的发展也是这样。

　　1945 年，日本侵略者投降，彭城拥入中国共产党领导的晋冀鲁豫边区政府的怀抱。从此，磁州窑获得了解放。

　　面对窑火奄奄一息的磁州窑，人民政府紧急输血抢救，通过工商局和银行发放贷款，帮助窑业复业。短短一个月后，大部分因日本侵华而熄灭的瓷窑，响起了重新点燃窑火的鞭炮。

　　到 1949 年，共有 266 座碗窑、缸窑、砂货窑恢复生产，产量达到 8011 万件，接近了民国最兴旺时的规模。

　　此时，磁州窑才解放了短短 4 年！

　　与此同时，人民政府筹集资金，在彭城兴建国有瓷厂，为国有瓷厂购置现代化制瓷设备。1952 年，鼎新瓷厂的机械轮碾和球磨机开始运转，隆隆的机器声吸引了古瓷都的男男女女、老老少少前去观看。

　　这是磁州窑业采用现代工业化设备生产的开端。

　　古老的磁州窑开始在工业现代化的道路上起步前行。

　　为加速生产资料的社会主义公有化进程，1955 年，人民政府开始对私有窑业进行改造，同时组织小家庭作坊联合体。

　　1956 年，彭城镇的私有窑场被国家参股或购买，实现公私合营。而一家一户的个体手工业者也组成了集体企业，走上了生产资料公有制的道路。

　　至此，磁州窑的陶瓷生产完全纳入了国家计划经济的轨道。

　　1963 年，彭城镇陶瓷产业的馒头窑全部为倒焰窑所代替。倒焰窑热能利用率高，节煤达 50％。窑腔容积大，有利于降低烧造成本，提高产量。

磁州窑沿用了几千年的、曾是磁州窑一大特征的馒头窑，到这时正式退出了历史舞台。

20世纪的科学技术发展迅速，有人喻为人类历史上"知识爆炸"的时代。磁州窑为追赶世界先进生产技术的步伐，又开始建设更节能，而且能够连续生产的煤烧隧道窑、台车式彩烤隧道窑和煤烧推板窑。

1985年，邯郸陶瓷工业公司——磁州窑的现代名称先后建成长度为72~110米的煤烧隧道窑19座、台车式彩烤隧道窑11座、煤烧推板窑18座。

这些窑炉的建成，极大地提高了磁州窑的生产能力。

邯郸陶瓷业还在继续跟踪世界先进水平，建设新型烧造窑炉。

1988年，已有18条煤气烧成隧道窑、5条柴油裸烧生产线建成投产。有的瓷厂在酝酿采用电热烧成新工艺。

这些新型烧制窑炉和自动化控制技术相结合，有利于精确控制烧成温度，保证瓷器质量，还可以烧制对温度变化有特殊要求的特种瓷，同时，有利于减少烧造活动对环境的污染。

在原料加工、制坯成型、干燥、施釉和花纹装饰方面，磁州窑也在大踏步迈向现代化。

除特别生产仿古工艺瓷器的瓷厂外，几乎所有的企业都在使用电力机械粉碎瓷土、和泥炼泥、旋压和注浆成型制坯、蒸汽和窑炉余热干燥……

工人的劳动强度大大降低，工作环境得到很大改善，劳动效率和产量大幅度提高。

这里要特别说明的是，磁州窑的产品质地也有了相当大的改观。

前面说过，北方的瓷土大多杂质含量大，不够细腻，因此，古代磁州窑的工匠使用白化妆土来增加瓷器白度，创造出各种装饰技法美化瓷器。

但瓷器的瓷坯质地并没有从根本上获得改善，这是个困扰了磁州窑几千年的课题。

1946年，边区政府的干部联合窑业技术人员，开始研究如何净化原料、改善瓷土质地，并且专门成立了细瓷研究所。

经过多年研究，闯出了一条"粗瓷细做"之路：通过科技手段对原料进行精加工，研制细瓷配方，从根本上改善瓷器的粗糙质地，提高产品质量。

随着生产规模的扩大，产品数量和品种急剧增加，为适应不同瓷器的生产需要，邯郸陶瓷公司还从外地购入优质原料，拓展了原料来源。

清朝以来日益衰落的磁州窑，在社会主义的新中国如枯木逢春，不仅迅速恢复元气，回黄转绿，而且抽枝散叶，呈现出一派大发展的蓬勃气象。

烧造了1000多年的彭城，到今天依然是现代中国一个集生产、经营、科研为一体，门类齐全，综合配套的重要陶瓷工业基地。

现代磁州窑的产品仍然以日用瓷器为主，但瓷器的质地已与往昔不可同日而语。加之，磁州窑继承了丰富的古老装饰技法，并在此基础上发展创新，瓷器产品美不胜收，受到国内外消费者的普遍欢迎，被誉为"东方无声的音乐""雕刻出来的艺术"。

除日用瓷外，彭城还生产建筑用瓷、工业用瓷、美术瓷、旅游瓷、特种瓷等六个门类、近百个瓷种、上千个品种。从琉璃瓦、马赛克地板砖，到化学、制药、石油、电器、航空航天等工业用的瓷质零件和设备，到陶瓷壁画、陈设花瓶、瓷雕瓷塑……每天，琳琅满目、如玉如翠的瓷器从这里运出，运往五湖四海，运往世界的各个角落。

磁州窑的窑火在新中国成立以后的70多年中，熊熊燃烧，出现了8000多年来从没有看到过的繁盛景象。

白玫瓷 汉玉瓷 青花瓷

……她呈白色，却非直白，白色之中蕴藏了很深的底蕴，让你看不透。恰似隔了层不薄不厚的云雾，去看一座秀丽的小山，隐隐约约看到了她那温柔妩媚的娇容，却又难以看得分明。

……优雅的造型，明快的线条，缤纷的着色，把白玫瓷装饰得妩媚而不妖艳，娇柔却不拘谨，宛如一位东西合璧的妙龄少女，既具有东方女性的典雅俏丽，又具有西方女孩的大方洒脱，真可谓风情万种，人见人爱。

如果说温文典雅是白玫瓷的外在风格，那么不屈不挠就是她内蕴的气质。不信，你敲击一下，她就会"铿锵"有力地一展玉石般的歌喉。……白玫瓷，好一朵瓷苑中瑰丽的奇葩。

这篇《白玫赋》虽然不是大文豪们的杰作，却也相当传神地描绘出了白玫瑰瓷器夺人魂魄的亮丽倩影。

白玫瓷属于骨质瓷。《白玫赋》所说的"东西合璧"，除了抒写出了白玫瓷的气质，也点出了骨质瓷的历史。

熟悉陶瓷发展源流的行家，是会注意到这一点的。

中国瓷器传到西方之后，西方人被这种泥与火的精灵，弄得神魂颠倒，千方百计地依样仿制。

200多年前，聪明的德国人首先生产出了欧洲第一批瓷器。但他们的瓷器质地粗糙，颜色晦涩，不像中国瓷器那样讨人喜欢。

怎么样才能烧制出雪一样洁白、玉一般柔润的可爱瓷器呢？欧罗巴各国的工程师和学者都陷入了痴迷的探索中。

欧洲人有许多优点，在科学技术探索中既严谨扎实，一丝不苟，又能够大胆假设，富于想象。

英国斯塔福得（Stafford）有一位叫斯泼德的先生，有一天忽然想到，中国陶瓷中是不是含有骨灰成分呢？他开始尝试在原料配方中加入动物的骨灰。

斯泼德不断地试验把不同动物的骨灰掺入瓷土，不断改变动物骨灰在原料中的比例，这一试就是很多年。

当他即将完全失去信心，认识到自己的猜测根本就是主观臆想的时候，在最后一窑烧坏的瓷器中，发现有的瓷器虽然变形变得走了样，但瓷质出乎意料地白，白得柔润细致，连中国瓷器也相形见绌。

聪明机灵的斯泼德大喜过望，马上意识到自己探索到了一种新瓷的配方。

这种瓷烧制成功，将比世界上其他的瓷——包括令人迷醉的中国瓷——还要好！

于是，斯泼德先生来了精神，鼓起了干劲。他改进工艺，继续试验烧制骨质瓷。

他付出了太多的精力和财富。功夫不负有心人，1794年，他终于成功了。

他烧制的瓷器因为白得漂亮，很快被英国皇室选用，成为高贵的宫廷用瓷。

地球上产生了一个新的、十分美丽的瓷种。

研制骨质瓷的道路是漫长而艰难的，就是到现在，这种瓷的烧制成功率也很低。

世界上没有几家陶瓷厂能够掌握其烧制工艺，它对原料、成型及温度的要求太苛刻了。

唯其烧制困难，这种瓷器的价格才一直居高不下。在日本，一个骨质瓷咖啡杯可卖近万日元。

在许多国家，这种美丽昂贵的瓷器，是和金银首饰、高级金壳手表摆在一起卖的，寻常瓷器店没有她的芳踪。

"汉玉"牌瓷器瓷质晶莹剔透，如脂似玉，造型典雅华贵，别有风度，在世界许多地区和国家都享有盛誉。有报道赞誉："人中是吕布，马中是赤兔，瓷中是'汉玉'。"

1997年10月，美国飞机制造中心城市西雅图的一家商场老板，给邯郸高档瓷厂厂长写信说："你们的'汉玉'确是一流的，这可以从购买排队有人'加塞'，而后面的顾客为此争吵不休、满头大汗看出来。你们的'汉玉'牌骨质瓷，能够被邀进驻总统官邸。"

产品能够被邀进驻总统官邸，这在西方人看来，是一个企业莫大的荣誉。

凝结着世界先进制瓷技术的骨质瓷，是现代磁州窑人的骄傲。

我国传统的青花瓷生产，在今天的磁州窑也达到了一个新水平。

前面说过，磁州窑很早就有青花瓷生产，但由于缺乏绘制青花纹饰的钴矿颜料，一直没有形成较大的生产规模。晚清、民国时才开始大量烧造，并且逐渐形成了自己的特色。

彭城解放以后，边区政府非常重视这一有特色的产品，从各方面给予扶持。新中国成立后，邯郸陶瓷公司迅速集中力量，保证和提高这一传统产品的生产。

现在，青花瓷继承了晚清、民国时期的磁州窑特色，同时吸收融汇了南方和日本的青花瓷风格。生产出的瓷器，瓷质如翡似翠，釉色晶莹滑润，纹饰古色古香，具有一种清秀淡雅、朴素大方的美感。

这就是邯郸第四陶瓷厂生产的"美玉"牌青花瓷。

它价格不高，雅俗共赏，既适合人民群众家庭使用，也受到宾馆酒店的青睐。曾被人民大会堂选为国瓷陈列于河北厅。

其品种有各种高档的中西餐具、咖啡具、茶具、酒具、烟具、文具、挂历盘、坐盘、花瓶等。几十年来畅销不衰，是深受中外消费者欢迎的热门瓷种。

在彭城，有一个瓷厂生产一种被称为青玉瓷的青花瓷。这就是第十瓷厂生产的"金华"牌青玉瓷器。这实际上是一种仿古宫廷用的青花瓷器。

"金华"牌青花瓷通体白里透青，光洁滋润，清爽悦目，让人爱不释手。

其日用瓷系列属高档用品，在家宴或宾馆饭店使用，既素雅大方，又颇为名贵，经得起品评考究。

其陈设艺术瓷系列，具有传统的中华文化气息，典雅庄重，有很高的欣赏和收藏价值。

邯郸陶瓷公司的另一个著名产品是象牙瓷，其品牌为"春蕾"，是春蕾瓷厂的产品。"春蕾"象牙瓷是一个大品牌，有300多个品种。

这个牌子的瓷器采用优质原料，经特殊工艺烧制而成。质地细腻，釉色光润柔和。由于瓷质白里透出微黄，恍如晶莹剔透的象牙雕刻出来的，所以被人们称为象牙瓷。

象牙瓷是我国现代瓷器中的精品，在装饰图案上除采用现代贴花工艺以外，还采用了磁州窑传统的手雕笔刻、嵌金加彩、釉下堆花等技法。每一件都精工细做，堪称美妙的艺术品。

外国人士对此赞不绝口，称之为"东方无声的音乐""雕刻出来的艺术""东方艺术的代表"。

象牙瓷品种中有为星级宾馆饭店生产的大型餐具，雍容华贵，气派不凡；有为现代家庭生产的日用瓷器，素雅美丽，经济实惠。有生活中离不开的餐具、茶具、酒具、咖啡具以及果盘、花插、壁挂、灯具、文具等，流光溢彩；也有造型生动、装饰古朴的陈设瓷和神态万千、人见人爱的瓷人、瓷兽等美术工艺品，巧夺天工。

它曾被选为人民大会堂用品，也曾被改革开放的总设计师邓小平同志选作礼品，送给外国友人。

现代磁州窑的象牙瓷产品主要供出口，畅销东南亚和欧美30多个国家和地区。

磁州窑是传统的民窑，人民大众需要什么就生产什么，现代磁州窑人为此生产出了强化瓷。

邯郸陶瓷公司生产的强化瓷有许多种。前面提到的"白玫"牌骨质瓷、"美玉"牌青花瓷、"春蕾"牌象牙瓷，都有自己的强化瓷种。

彭城瓷区的所有强化瓷都进入了国际市场，口碑颇好。

邯郸陶瓷公司的小砂锅，也是一种颇具特色的产品。

砂锅其貌不扬，粗糙得很。与洁白秀丽的瓷器放在一起比较，就像用粗粮做出的窝头与精粉做出的馒头糕点摆在一起。

但是这种硬陶炊具，有的家庭使用了一代又一代，直到今天还都舍不得丢弃。

也正像把粗粮窝头和精粉馒头做比较，窝头是粗糙了些，颜色也不好看，但其营养价值，对人们健康的养护作用，却是雪白的馒头赶不上的。

制作砂锅的原料取自天然，不经细拣，含有较多的微量元素，与人生活的环境成分一致，因此煮饭炖肉香气扑鼻。

和金属锅比起来，不仅做出的饭菜口感一个在天上，一个在地下，而且锅中有微量元素析出，可满足人体健康的需要。这是铁锅、铝锅、不锈钢锅，甚至金锅、银锅都不及的。

邯郸陶瓷五厂看准了砂锅的优点和人们的需求，使用太行山中的天然原料，生产出来各种各样的砂锅。经专家们检测，没有有害金属溶出，保健作用甚强，长期使用可延年益寿。

21 "金碧辉煌"的磁州窑系

在中国，人们形容建筑物色彩壮观时，使用最多的一个词是"金碧辉煌"。

金是黄颜色，碧是碧绿或碧蓝，辉煌是说建筑物发亮发光——辉乃光辉，煌是光亮耀眼的样子。

一座土木建筑，怎么会发出金黄碧绿的光辉，以至在阳光照耀下光彩夺目呢？

这样的建筑物，肯定使用了陶瓷类建筑材料——琉璃砖瓦。

砖瓦也是陶器，它们是把黏土和成泥，放入火中烧成的。在砖瓦上施釉，让砖瓦有了光滑坚硬的玻璃质表面，砖瓦就变成了琉璃砖、琉璃瓦。

原色的琉璃砖瓦太朴素，不太华丽，在釉料中加入黄色或蓝绿色的矿物颜料，这样烧制成的琉璃砖瓦就耀眼夺目了。

用这样的砖瓦盖成宫殿、大厦、小平房或者围墙，太阳光一照，呵，"金碧辉煌"这个词就产生了。

这个词应该产生在南北朝之后。

因为，在这之前中国还没有使用琉璃砖、琉璃瓦盖起的房屋。

前面说过，中国在原始社会时就烧出了硬陶，在商朝时发明了釉料，并且把釉涂在了陶器表面。这已经是琉璃了，但这时的人们还没有想到用这种陶器盖房子。

一座3000年前的西周古墓曾经出土过玻璃串珠，但那是贵族佩戴在身上的小装饰品，与盖房子没有什么关系。古墓中，没有发现一块琉璃瓦、琉璃砖的碎片。

西汉末，王莽篡夺了刘家的皇位，被人们骂作"独夫民贼"，此公郁郁而死。下葬时，陪葬了一些有玻璃面的陶器。但那还是陶盆、陶罐之类的日常用品，不是建筑材料。

东汉时，有琉璃面的陶器老百姓家也用起来了。出土的普通黎民墓葬中，有了涂上釉料的日用器皿、三彩类工艺品（唐三彩的前身）、陪葬礼器等，但这一时期还是未见到琉璃砖瓦类。

不过，既然涂釉的陶器在天下已经普遍使用，那么，琉璃砖瓦的出现应该不远了。

南北朝时，拓跋氏建立的北魏，最早使用了专门生产的琉璃瓦件。这是中国建筑史上的一大突破，也是中国陶瓷史上的一件大事。

据史料说，北魏在其都城——平城（今大同市）建筑宫殿时，在宫殿顶上覆盖了一些琉璃瓦当和瓦脊。

这些有玻璃面的建筑陶器材料，既光滑好看，又不易潮解风化。

但是，由于北魏的宫殿使用的琉璃瓦量不大，反光面积不大，还称不上"金碧辉煌"。这个词是否在此时出现，还是疑问。

唐朝给"金碧辉煌"一词的出现，创造了完美的条件。

繁荣强盛的大唐王朝在长安修建大明宫，不仅屋顶全部使用了琉璃瓦，宫墙还用了雕刻有莲花花纹的琉璃砖。

大明宫落成后，展现在唐朝官员、百姓和来朝拜学习的朝鲜、日本、阿拉伯及中亚各国使臣、商人、留学生、旅游团各色人等面前的，的确是一座耀眼夺目、碧绿金黄、让人赞叹不已的伟大建筑！

不仅如此，唐朝诗人皮日休赞美江南吴地的建筑，还写有这样的诗句："全吴缥瓦十万户。"

缥瓦，就是琉璃瓦。整个吴地使用琉璃瓦覆盖屋顶的人家有10万户，那真是"金碧辉煌"之至了。

唐朝时，江南还在开发中，还算不得如何繁华富庶。远离京都的吴地是否真的有10万户人家使用了"缥瓦"不得而知。皮日休这句诗颇有夸张之嫌。

但有不少人家使用了，这应该是没有问题的。不然，皮日休写不出这样的句子来。江南尚且如此，长安周围和中原一带该当如何？

从皮日休这句诗我们看到，琉璃瓦已被唐朝时的中国人普遍使用。"金碧辉煌"这个词的出现，应当是水到渠成了。

从此，既防水，又长寿，还能够让土木建筑的房子、围墙光彩生辉的琉璃瓦，成了中国民族风格建筑物常用的建筑材料。

磁州窑为中国的"金碧辉煌"出了力。

磁州窑是琉璃瓦的传统主产区。它最早什么时候开始烧制这种陶器的，目前还不知道。但它很早就具备了烧制技术和物质条件，是不容置疑的。

北宋、金朝时期，磁州窑的烧造中心在观台一带。迄今为止的观台窑址出土的文物，有许多琉璃质的筒瓦、龙纹脊饰、狮子和摩羯等脊兽以及天王、力士和身背羽翼的菩萨等唐三彩类工艺品，造型生动，制作精良，有很高的艺术价值。

这表明，宋金时期的磁州窑已经在大量生产琉璃砖瓦。

这个时期的中国，琉璃瓦类建筑材料应用更为广泛。为了改变各个窑口的产品规格不一、使用不方便的状况，中央政府规定了统一的产品尺寸标准。

北宋时期的建筑师李诫著有《营造法式》一书，对琉璃瓦的生产技术作了系统介绍。该书第十五卷载有具体制作方法和釉料配方，该配方直到现在还在应用。

北宋首都汴京（开封）的皇宫和许多大型建筑物都使用了琉璃砖瓦。护国寺中的大塔，甚至从头到脚通体全用绿色和黄色的琉璃砖瓦建筑。远远望去，就像铸铁铸就，因此人称护国寺塔是"铁塔"。

开封与磁州窑相距不远，有水运河道相连。在作为首都的城市建设中，有没有使用这个北方最大窑场的产品，现在没有资料可以查证。

但在20世纪50年代中期，为修缮护国寺"铁塔"，铁塔上用的飞人、坐兽、大小佛像等琉璃制品，都是向现代磁州窑——邯郸陶瓷公司定做的。

元、明、清三朝近700年的中国首都北京，建筑皇宫、皇城所用的琉璃砖瓦等，有很多出自磁州窑窑口。

河北、河南、山西、天津等地的牌坊城楼、大型殿堂、寺院祠庙、官宦陵墓等建筑，所用的琉璃砖瓦也有相当一部分由磁州窑烧造。

20世纪50年代，北京新车站建成，规模之大，气势之宏伟，堪称当时亚洲一绝，与我国泱泱大国的地位相符合。它的全部琉璃瓦类制品，都是向邯郸陶瓷公司定做的。100多种造型和装饰，10.6万多件琉璃陶器，组成一个浑然整体，金碧辉煌，流光溢彩，很好地体现了设计者的思想。

河南汤阴坐落在太行山前平原上，开发较早，是一个历史积淀深厚的大县，商周时期已经驰名华夏。周文王朝见纣王，就被纣王囚禁在这儿。

汤阴为了弘扬本地历史文化，大力修筑羑里古城博物馆，开发历史遗迹旅游资源，其所用的琉璃砖瓦，也由邯郸陶瓷公司烧造。

现代磁州窑为我国首都、为现代海港城市天津、为华北华中璀若群星般的城市、乡镇，砌筑墙体，覆盖屋顶，把一座座闻名国内外的古代和现代建筑，装饰得金碧辉煌，壮丽无比。

人类文明的发展遵循着使用石器、陶瓷、金属这样一条轨迹。3000年来，特别是近100年来，金属赋予了人类改天换地的力量，从而也让人类获得了原始人连想都想不到的生活舒适和方便。

但是，即使在金属机械、器具充斥人们生活的现代，人们依然离不开陶瓷。并且，人们渐渐发现，陶瓷可以替代许多金属器械。

使用陶瓷制作的器械，性能比金属器械还优异。

有科学家断言：未来的时代将是硅酸盐的时代，硅酸盐将越来越多地代替金属。工业陶瓷和特种陶瓷将会有裂变式的飞跃发展，成为现代工业的龙头产品，广泛应用于高科技领域和传统工业生产中。

民国初期，磁州窑已经能够生产电力工业用的"电瓷"。新中国成立以后，为适应国家工业化建设的要求，现代磁州窑人开始研制更多种类的工业用瓷。

1956年，试制成功耐电压1万~2万伏的小瓷套管。

1958年，试制成功酒精工业用的耐酸碱蒸馏塔、陶瓷鼓风机。

1959年，试制成功耐酸瓷、化学工业用瓷、纺织工业用瓷。主要品种有耐酸缸坛类、燃烧船、坩埚、双臂反应罐、3500伏电压用瓷等等。

现在，邯郸陶瓷公司工业瓷厂是国家在华北地区定点生产电子、电工陶瓷的专业厂，拥有先进的科研技术和雄厚的制造能力，产品质量完全符合国家和国际的有关标准。

可以相信，邯郸陶瓷公司完全有能力为我国工业陶瓷和特种陶瓷发生裂变式飞跃作出贡献。

北宋、金朝时候的磁州窑，几乎每一件产品都是艺术品。

巨鹿故城和越来越多的考古发现都证明了这一点。

那个时代，磁州窑拥有天下最丰富最先进的装饰技法。而磁州窑的窑主和匠师们，似乎一门心思地想把自己的碗、盘、壶、瓶等做成艺术品。

他们不怕费心思费力气，只是希望人们在吃饭、喝茶、饮酒的时候，能够捧起面前的瓷器，左看右看，横看竖看，最后拍一下桌子："好，真好！有味道。"

于是，才气四溢的磁州窑人在瓷碗、瓷坛上又是写又是画，雕、刻、剔、錾，恰到好处地运用每一种装饰技艺，把件件产品都装扮得像水墨画，像书法作品，像高雅的浮雕……

这就是磁州窑让百姓喜爱，让艺术家痴迷，让收藏者疯狂的原因。

现在，仿古艺术瓷器，是现代磁州窑的一大宗产品。

由于元代以来青花瓷的冲击，以及近代陶瓷生产的工业化趋势，宋金时期磁州窑丰富多彩的装饰技法，越来越多地被人们丢弃到脑后，有些已经失传了。

新中国成立后，党和政府做了大量工作，组织专家来彭城，挖掘、研究古老的装饰技艺，同现代磁州窑人一起拯救这一民族瑰宝。

1953年，邯郸陶瓷公司在此基础上成功仿制出宋代瓷器，受到国内外陶瓷艺术界的一致称赞。

声誉卓著的古陶瓷专家陈万里、冯先铭，陶瓷美术专家梅健鹰、侯逸民、袁运甫、金宝升、严尚德、郑可等，为恢复和发展仿古瓷的工艺技术，付出了大量心血。

1959年，雄伟壮观的人民大会堂在天安门广场落成。在这座当代中国最高权力机构所在的建筑里，在中华民族寄予厚望的人民代表共商国是的地方，河北会议厅中摆设了磁州窑艺术家们设计和制作的两尊绿釉墨彩大瓷瓶。

这两尊硕大的瓷瓶，釉色质朴，工艺水平高超。传统的装饰技法显示着世界最大民族的特色。

那凝重、沉静、典雅、大气的风度，与这座大厅的庄严、华贵，非常和谐地融为一体。

有人赞叹，这两尊磁州窑烧制的仿古瓷瓶，是河北厅的镇厅之宝，是不可多得的国之瑰宝。

凝聚了8000多年技术和艺术发展成果的仿古瓷器，有太行山的巍峨庄重，有中华民族历史的渊源深邃，成为宏伟建筑和华贵馆厅的镇堂之器。

现代磁州窑生产的其他端庄秀丽、古趣横生的艺术瓷器，也越来越多地出现在人民群众的家庭中，给客厅和卧室带来历史，带来文化，带来艺术。

人民大会堂河北厅的粗大立柱上，还镶有中国磁州窑艺术陶瓷厂制作的陶瓷浮雕——"河北历史名人"。

这是一种新型的工艺美术陶瓷壁画。

陶瓷壁画的产生，得益于花釉的研究成功。

20世纪60年代初，邯郸陶瓷研究所的研究人员，着手对花釉这种掺杂高温矿物颜料的釉料的研究。

他们发现，彭城本地出产的黑釉料，在高温下，可以同任何其他色釉相熔融，产生化学和物理变化，出现奇异的花纹和色彩。

因为这些花纹和色彩不是由人工在瓷坯上绘制的，而是在烧制过程中自然形成的，出现在人们意料之中，变化在人们意料之外，釉色和花纹呈现一种瑰丽神秘、恍若梦幻的效果。

研究人员试图掌握花纹和釉色变化的规律。他们改变黑釉料和其他釉料的搭配比例、涂饰方法、釉层厚薄以及烧制温度和火焰气氛，一次次试验、对比，几年下来，终于有了收获。

20世纪70年代初，他们开始把高温花釉试用于陈设工艺瓷，效果很好。烧制出的瓷器釉色偏黑，晶莹润泽，给人以沉稳、古朴的感觉。

由于釉料和涂饰方法及烧成温度的不同，在这些产品中，有的瓷器似青铜器，闪射着冷冷的光亮。有的似宋元时的漆器，泛散出一种黑红的暖意。

而根据需要，在烧制时还可以让釉色呈现迷离的黑黄、黑绿、黑紫、黑蓝等色彩，使瓷器富丽堂皇，华贵无比。

花釉初步研究成功后，神奇的色彩吸引了京津等地的一大批工艺美术家。他们使用花釉设计陈设美术瓷，使用花釉设计动物造型瓷……

富有夸张性的艺术设计和花釉特别的表现力相结合，令全国的陶瓷美术界为之一振。

黄胄、韩美林、梅健鹰、袁运甫、侯一民、刘焕章、郑千鹤、郑可等一大批不同流派的艺术家，先后都投入了花釉创作的热潮中，使花釉瓷的艺术成就迅速达到一个前所未有的高度。

而现代磁州窑也拥有了一种既有传统底蕴又有发展创新的新型瓷种。

花釉动物造型瓷是一个大家族，如花釉猛虎、花釉雄狮、花釉苍鹰等，利用冷峻的线条和偏黑的釉色，很好地表现了动物威猛的气势。

而啃蹄马、猫头鹰、狐狸、公鸡等，又采用写意夸张的手法和变幻神奇的釉色，塑造了动物活泼、乖巧和憨直的神态，颇具童话世界的色彩。

花釉陈设瓷是另一个大系列。花釉与其他釉色共同施用，使瓷器色彩反差加大，呈现一种既沉稳古朴又五彩缤纷的艺术效果。

花釉与磁州窑装饰技法相结合，也相得益彰，使瓷器精美高雅，富贵华丽，很有气派。

花釉刻花荷花瓶、花釉刻花金鱼挂盘、花釉刻花双鸟挂盘、花釉色泥堆花梅林小鸟瓶等，一上市就受到人们的喜爱。

花釉动物造型瓷和花釉陈设瓷，给地球上千千万万的家庭送去了美丽温馨，还通过国家与国家、单位与单位的礼物交换，加深了友谊和合作。

花釉的研究运用，还直接催生了被称作"永恒的艺术"的陶瓷壁画。

自古而今，艺术家们的苦恼是，他们花费了许多心血和劳动的壁画，在墙上展示不了多久。由于阳光的照射、风雨的洗刷、温度的变化等折磨，使壁画很快褪色、起皮、剥落。

能不能找到一种载体，使墙上的绘画或雕塑经受得起岁月的磨蚀，能够历久弥新呢？

换句话说，有没有一种材料，让艺术得到永恒的表现？

从花釉盘子得到启发，人们从人民大会堂河北厅的立柱上看到了希望。有眼光的艺术家们，把眼光投向了磁州窑这块沃土。

花釉盘子放大、上墙，不就是壁画么？磁州窑的白地黑刻、黑地白刻不就是浮雕么？把壁画做成陶瓷的，涂饰上釉，不就能够让艺术得到永恒了么？

20世纪70年代末，北京首都国际机场候机大楼扩建，需要壁画装饰，工艺美术家们兴冲冲地来到了彭城。

有了好的创意，还需要扎扎实实的工作来完成。

北京的工艺美术家和邯郸陶瓷公司的设计师、工程师相结合，与磁州窑丰富的陶瓷生产经验、艺术装饰智慧相结合，创作出了《科学的春天》《民间狮舞》两幅大型陶瓷壁画画稿。

接着，又经过九九八十一难，解决了图样在陶瓷坯板上放大、浮雕瓷砖变形开裂、规格大小不合适、烧成中温度和气氛变化等一系列难题。

终于，在候机楼装饰要求的时间内，壁画试制组烧制出了理想的产品。

彭城的天格外蓝，滏阳河的水格外美。磁州窑的窑火静静地燃烧、摇曳，像火凤凰在舞蹈……

花釉陶瓷壁画，一个新的艺术瓷种，在北方这个古老的窑场诞生了！

这是磁州窑对陶瓷发展、对人类文明发展的新贡献！

2000多块花釉瓷砖装箱，起运，在北京首都国际机场的墙上拼装、镶嵌。候机大楼扩建工程竣工，举行典礼。

当大厅墙上的壁画揭去遮挡的幕帷时，参加典礼的人群沸腾了。

原中央工艺美术学院的老院长、著名画家张仃教授，激动得不能自已，高举起手臂大呼："中国磁州窑万岁！"

有记者记录了当时的盛况。

当年的《人民画报》以一个通版的篇幅刊出了《科学的春天》的大幅照片，并且配发了对这一新型壁画的文字报道。

张仃教授怎么能不激动呢？"四人帮"被押上历史的审判席，科学的春天来了，艺术的春天也来了！

磁州窑把科学与艺术相结合，让泥土和火焰表达人们的欢快与希望，让古老的装饰技法和新探索出的釉色宣泄艺术家们的感受，保存有深刻意义的创作！

艺术家的梦想在磁州窑的帮助下实现了！

磁州窑的历史、瓷质、风格，最能够体现壁画这种作品的思想内涵呀！

从此时开始，中国宏伟的建筑物有了一种新的艺术装饰。

1995年，河北会堂在省会石家庄市落成。

在会堂迎客大厅的主墙上，镶嵌着一幅气势恢宏的花釉陶瓷壁画。

该画题名《曙光》，高3.5米，宽20米。

该画以红、黄、灰为主色调，以金色的阳光、古老的邯郸丛台和高耸的烈士纪念碑为主体画面，展示了自古以来燕赵多慷慨悲歌之士的传统和改革开放以来河北大地上蒸蒸日上、繁荣昌盛的新气象。

凡进入河北会堂的人都会被它吸引住目光，受到深深的震撼。

这是中国磁州窑艺术陶瓷厂的作品。

1990年，亚运会在北京举办。

中国的中心，天安门广场的西侧，镶贴了一幅大型陶瓷壁画，题为"北京欢迎您"。

这幅壁画很好地表达了北京及全中国人民热烈、真诚欢迎各国运动员、旅游观光团和各界友好人士的心愿，受到世界舆论的瞩目。

操不同语言的新闻媒体迅速报道了这幅壁画。一些国家的电视屏幕上还播放了壁画的画面。

这也是中国磁州窑艺术陶瓷厂的作品。

1981年，中国社会科学院的墙上，一幅陶瓷壁画展示了巨大的艺术魅力。

凡进出中国社会科学院的学者、专家，无论是搞政治、经济研究的，还是搞历史、哲学研究的，抑或就是搞文学、艺术研究的，都会在画前驻足、欣赏，赞不绝口。

这幅画是著名画家袁运甫的作品，题名"山魂水魄"，由中国磁州窑艺术陶瓷厂烧制。

很快，这幅画被中国美术家协会评定为"国宝"，并且复制出小样，放在中国美术馆永久珍藏。

江南江北的陶瓷生产区都派人到磁州学习陶瓷壁画的制作技术。

中国陶瓷壁画的春天也开始了。

日本一位美术评论家称赞："邯郸磁州窑陶瓷壁画是纪念碑式的艺术，它与建筑共存亡。"

艺术家们在磁州窑寻找到了一种载体，一种途径，正是它使凝结着艺术家才华、心血的作品，得以不朽。

瓷器原料在高温下熔融、结晶，按照人们赋予的形状，团结成一个整体，质地致密，很少吸水，像石头一样硬，像石头一样"万岁，万万岁"。

艺术家真是幸运。

其实，艺术家们应该想到，在花釉陶瓷壁画产生以前，磁州窑的瓷器早就成为文艺作品的载体了。

只不过那些文艺作品没有上墙，没有壁画那么大，而是保存在碗碗盘盘、坛坛罐罐上的。

在从地下挖掘出来的北宋甚至更早的磁州窑瓷器和瓷片上，我们看到了诗词、字画，还有美妙的装饰花纹。

这些文艺作品没有署名，至多只是在瓷器的不起眼处印有或写有"王家造""张家造"字样。

这是生产瓷器的窑场印记。

先人们在瓷器上写诗画画，初衷只是为了装饰瓷器，让瓷器好看，讨人喜欢。

先人们达到了这个目的。

形形色色的瓷器不仅具有实用性，让人们吃饭喝水不再用手捧，吐痰撒尿有了专用家伙，不再随地乱来，既文明雅致，又预防了疾病。

同时，形形色色的瓷器还具有艺术观赏性，让人们在吃饭喝水、吐痰撒尿的时候，能够欣赏到"美"，受到文化熏陶，提升做人的品位。

做人，应该有较高的品位。否则，会让他人看

教科书 史籍 诗集 字帖 画谱

不起。

磁州窑的先人们不知道，他们生产的好看的、讨人喜欢的瓷器，流传到今天，还有更重要的功用。

这些石头一样坚实不朽的玩意儿，在后人手里，还是历史教科书，是史籍、诗集、字帖和画谱。

从出土的瓷器上，可以判断制作它们的时代所具有的科学技术水平，可以读到当时的社会生活是什么样子，读到制作匠人们的思想和文化流派。

例如，唐朝时磁州窑的个别瓷器上出现了煤渣疵点。经研究，我们弄明白了，这是烧制时火焰中飞腾的煤灰落在釉面上造成的。

但在此时更多的瓷器上，我们看到的大多数还是柴灰的痕迹。

于是，我们知道了，唐朝时磁州窑虽已开始使用煤作燃料，但还不普遍，只是开始。

到了北宋时，磁州窑瓷器上的疵点已很少是烧柴灰留下的了。只要有疵点，一定是火焰中的煤尘飞腾造成的。

于是，我们能够判定，北宋时的磁州窑已经主要用煤做燃料了。

而用煤做燃料，窑炉内的温度就要比还在使用木柴的其他地方的窑场的要高，烧出的瓷器就更坚实，敲击起来声音就更清脆悦耳。

这是个了不起的领先，是个巨大的技术进步，是对人类陶瓷器生产发展强有力的推动！

透过从磁州窑瓷器上落下的煤尘，我们还可以知道，北宋时，太行山中一定有了许许多多的煤窑矿井。先人们已经初步掌握了如何排除井下的瓦斯气体以及不断渗出的地下水……

而能够大规模地开采煤炭,那么,太行山及其脚下的中原一带,冶炼锻造金属、宫廷和百姓烧水煮饭以及冬季取暖,大约也用上了这种"藏蓄阳和意最深"的乌金……

这其实已经为蒸汽机的出现、为人类的"工业革命"准备好了条件。

遗憾的是,北宋末年金人的入侵严重减缓了经济发展的势头,扼杀了科学的萌芽,迟滞了社会文明的进程。

从出土的瓷器上,我们还能够看到当时社会的风俗习惯、思想意识、文化崇尚。

例如,从瓷器上的图画,我们能够看到当时人们的穿着打扮;从诗词能够看到当时的世道是和平宁静,还是动乱不已;从题字能够看到唐朝时"王体""颜体"的影响是何等之大,而到了宋代,字体的种类就多了起来,潇洒自由起来……

这就不能不让我们对古磁州窑瓷器上的字画认真审视。

也许磁州窑的先辈师傅,并不是中国第一个在瓷器上写字作画的人。

但是由于磁州窑历史悠久,烧制的瓷器最多,并且磁州窑是民窑,制作瓷器自由度高,受官府影响控制少,因此磁州窑瓷器上的社会文化、历史科技信息就最真实、最丰富、最有价值。

这是官窑以及其他民窑都不能比拟的。

让我们先来看看这本"诗集"。

中国是个诗歌王国,人民喜好诗歌,这从中国的第一部文学作品就是诗歌集《诗经》,可以得到证明。

在这部3000多年前搜集整理的诗集中，最好、最生动的部分，是"风"，也就是采集自民间的诗歌。

我们看到，中国古代的老百姓高兴了唱，愤怒了唱，悲哀了唱，幸福了唱，在田地中劳作时唱，在树林中幽会、搞对象时还唱……

这个传统一直流传到今天。

"大跃进"时人们战天斗地，豪情激荡，唱；"文化大革命"时人们斥骂"四人帮"，满怀愤懑，唱；改革开放后人们略可温饱，婚丧嫁娶，学习毕业，单位聚会，也总要哼唧哼唧，或表达悲情，或抒发兴奋，或叙述愿望。

好像没有这些句子短小、句尾押韵、句式循环往复的东西，人们就会憋闷难受，生活就会缺少趣味。

磁州窑是民窑，为满足人民群众这方面的喜好，师傅们在瓷器上题写了大量诗句。

磁州窑在瓷器上题诗始于北宋，特别是在白地黑绘技法出现以后。

刻、剔、刮、戳等技法适宜制作花纹，制作笔画繁多的字就困难很大了。有了直接在瓷坯上绘画书写的技法，题诗就方便起来。

我们看到，磁州窑在瓷器上题诗，有的只题一两句，有的却整首整首地题，有的则一题就是两首、三首，以至于瓷器的每个侧面上，都写满了密密麻麻的蝇头小字。

酒坛、梅瓶、茶具、碗盘……各种瓷器上都可以题。瓷枕的形状基本是长方体，有较大的平面，易题写，因此在瓷枕上题诗最常见。

有趣的是，为了人们题诗方便，北宋时的磁州窑还专门生产了留有大片空白的瓷枕。这种瓷枕在留空白处不施釉，不装饰，只在空白以外才绘制花纹、罩釉，烧成后既可以销售也可以自家保存。

如果有人在这样的瓷枕上留下了大作，那就再罩上釉专门烧制一次，成为完美的题诗枕。

清代的乾隆是个爱写诗的皇帝，一生作诗两万余首。他得到了两方这样的瓷枕，十分高兴，便在空白处题了两首诗，颂扬磁州窑瓷枕的好处。

遗憾的是，由于磁州窑是民窑，在民国以前没有名字，人们明明知道产品是在邯郸生产的，也要被说成是邢窑或者定窑的产品，乾隆这位皇帝也就被"蒙蔽圣聪"了。

他的诗写道："瓷中定州犹椎轮，丹青弗藉传色粉。懿兹芳枕质朴淳，蛤粉为釉铺以匀。铅气火气净且沦，粹然古貌如道人。通灵一穴堪眠云，信能忘忧能怡神。至人无梦方宜陈，小哉邯郸漫云云。"

另一首是："何年窑冶器，似赵却非柴。火气销全尽，宵眠静与皆。神安忘枕藉，手举称摩揩。欲笑王武子，惟知宜石佳。"

这两方瓷枕既是从北宋流传下来的古董，又经过乾隆的御玩题诗，因此也就价值连城，名贵无比。

大约因为不是普通人的缘故，乾隆这两首瓷枕诗都有落款，注明时间和乾隆御题，并盖有印章。

磁州窑瓷器上的诗一般是不署作者名号、没有落款的，大多只是写上所题诗词的题目或者词牌名字，这就让今天的人们不知道"版权"所属了。

有些诗词是名作，作者是谁我们一眼就能够看出来。有些则需要去翻经查典，而有些则翻烂经典也不会查到。

因为，这些诗词或者是隐逸之士的作品，或者是民间百姓的集体创作，或者就是窑工瓷匠师傅们自己的吟咏。

这些查不到作者姓名的作品，占了磁州窑瓷器题诗的大多数。

而恰恰是这些无名氏的作品，最生动，最有趣，也最有价值。

磁州窑把这样的诗词，用不朽的陶瓷载体记录保存下来，让人们看到经典诗集中所没有的东西，丰富了我国的古典文学宝库。

而兼收并蓄，内容芜杂，多是社会下层民众的吟诵，也就成了磁州窑瓷器诗歌的最大特色。

从磁州窑瓷器诗的内容看，有劝人喻事的，有欣赏自然风光的，有表现窑工和农家生活的，有感伤时世、痛恨战争的，有咏叹爱情、历史和宗教的，五光十色，洋洋大观。

广州西汉南越王墓博物馆收藏的一方北宋白地划花叶形枕上，有一首劝人诗："在外与人和，人生得几何？长修君子行，由（犹）自是非多。"

在这首诗里，题诗的窑工师傅写了一个错别字，把"犹自"写成了"由自"。——由于大多数瓷器不是由文人墨客题写的，错别字较多，这也是磁州窑题诗的一个特点。

广州博物馆收藏的另一方北宋椭圆形枕，大书："己所不欲，勿施于人。"

邯郸一件私人收藏的北宋白地椭圆形枕上题有："父母无忧因子孝，夫无横祸为妻贤。"

邯郸另一件私人收藏的北宋白地椭圆形枕，上题："立身之本，行孝为先。与人有义，不佑神天。"

邯郸还有一件金代烧制的白地黑花私人藏枕，题道："积取今世幸，后待子孙兴。愿福如春草，不种自然生。"

邯郸市博物馆收藏的一方元代白地黑花长方形枕上,则以诗的形式告诉人们:"常忆离家日,双亲拂背言。过桥需下马,有路莫行船。未晚先投宿,鸡鸣再看天。古来冤枉者,尽在路途边。"世道不宁,路途险恶,出门要记住老爸老妈的叮嘱,处处小心呀。

邯郸峰峰矿区文保所收藏的一方元代白地黑花枕上,则劝人莫贪图名利:"左难右难,枉把功名干。烟波名利不如闲,到头来无忧患。积玉堆金无边无岸,限来时,后悔晚。病患,过关,谁救得贪心汉。"词牌名为《朝天子》。

还有一首《山坡里羊》散曲,写在私人收藏的元代白地黑花长方形枕上:"有金有玉,无忧无虑。赏心乐事休辜负。百年虚,七旬初,饶君更比石崇富。合眼一朝天数足,金,也换主,银,也换主。"人赤条条地来,赤条条地去,有什么是属于自己的?还是莫贪财吧。

磁县文保所收藏有一件三面都题有诗文的瓷枕,在前立面上写的是一首田园风光诗:"山前山后红叶,溪南溪北黄花。红叶黄花深处,竹篱茅舍人家。"此诗不是名人名作,未见典籍收录,却十分清新自然,乍一读,仿佛迎面吹来一股带着淡淡菊香的山野小风,让人神爽心怡。

磁州窑瓷器上描写自然风光的诗歌比比皆是,闪射着纯真、鲜艳明快的色彩。

天津艺术博物馆收藏的一方金代绿釉划花瓷枕,也咏菊,云:"金钿小小贴秋丛,开向渊明醉梦中。不似南园桃共李,荣华一一待春风。"把秋天野外草丛中开放的小小野菊花,也写得有形有味。

广州西汉南越王墓博物馆收藏的一方白地黑花长方枕上,有一首《词寄月中仙》:"独倚危楼,向春来玩。赏山市晴岚,青红辉绿。见樵人相呼，独木桥边，渡口渔村落照。乍雨过，西山畔轩，远浦帆归岸。羌笛数声，幽韵孤峰伴。　遥指酒旗高悬，望滩头隐隐，平沙落雁。潇湘夜雨，打松霜惊。山僧归禅，洞庭秋月圆。听烟寺晚钟，声潜远，暮雪江天。景堪图画，入屏仗（障）看。"

这方瓷枕是金代烧制的，描写被南宋皇帝赞誉过的潇湘八景。

词作者不知是谁，但他把山市晴岚、远浦帆归、平沙落雁等八景巧妙地嵌于词中，又生动贴切地描画出洞庭湖一带春天日暮时的景色以及"独倚危楼"者的心情，功力不凡，应该是一位很有造诣的隐逸文人。

值得一提的是，收集到的磁州窑瓷枕照片上，有两方瓷枕上的题诗很有趣。

一方是中国历史博物馆收藏、金代烧制的褐彩虎形枕。

老虎伏趴在地，十分威猛，却又蜷起尾巴，缩颈收爪，皱起眉头，好似被人们枕在腰上十分不情愿，却又无可奈何。

该枕虎背平面上有题诗曰："白日驮经卷，终宵枕虎腰。无人将尾蹈，谁敢把须撩？"

看着虎枕读诗文，人们会忍俊不禁。

故宫博物院收藏有一方豆瓣形瓷枕，绿釉划花装饰，金代烧制。上题咏瓜诗一首："绿叶追风长，黄花向日开。香因风里得，甜向苦中来。"

瓜香是因为风传播的，而瓜甜则是从苦中来的。先有苦，才有甜。

诗写得富有农家气息，既形象，又饱含哲理。让人读着诗就像在品瓜，觉得有滋有味。

磁州窑瓷器上的诗歌都是用毛笔写上去的，阅读诗歌的同时自然就欣赏到了书法。

中国科举起自隋朝，是封建王朝选拔人才、充实官僚队伍的根本性制度。

这个制度执行得好坏，关系着封建王朝的安稳、"气数"。因此每到开科选士之年，上自皇帝，下至平民百姓，整个国家的目光都齐齐投向考场。

而对生员的考察，也出奇地严格。不仅文章要写得好，毛笔字也必须写得像回事。毛笔字拿不出手，入不了考官和皇帝的眼，是不能高中"三元"的。

这使古代中国成为一个高度重视书法的国度。甚至到了20世纪中期，在农村中一提某人文化水平高，人们马上会形容他毛笔字写得怎么怎么好。

在传统的中国人眼里，似乎毛笔字写得如何，便代表了一个人的文化程度。

社会风俗如此，人们便从小练字不辍。在古代中国民间，凡读过书的人，几乎都写得一手好字。

磁州窑瓷器上的毛笔字是很了不得的，有许多堪与有名的大书法家的"墨宝"相媲美。

明代书法家、书画鉴赏家陈继儒，在他的《妮古录》一书中写道："余秀州买得白绽（定）瓶，口有四纽，斜烧成'仁和馆'三字，字如米芾父子所书。"

前面说过，磁州窑是民窑，在巨鹿故城瓷器掀起国际研究热以前，它的产品是被划到邢窑、定窑账上的。这陈老先生买回的四纽瓶，因书有"仁和馆"三字，便肯定是磁州窑产品无疑。这已被考古所证实。

而陈继儒之所以买下这个四纽瓶，也肯定是因为他欣赏

"仁和馆"这三个毛笔字。因为他说"字如米芾父子所书"。

米氏父子是宋朝大书法家，他们的字士人、百姓都叫好。磁州窑瓷器上的字，书法水平竟然同米芾父子差不多，可见其好。

陈继儒是举世公认的书画鉴赏家，想来是不会看走眼的。

20世纪20年代，天津博物院将出土的巨鹿故城部分文物资料辑录成《钜鹿宋器丛录》一书。书中对瓷器上的字评价道："字体遒劲古拙，非今人所能为。"

字体写得遒劲古拙的评断，恐怕不是一两个人的看法。

故宫博物院保存的一件白地黑花瓷枕上，书有一联"春前有雨花开早，秋后无霜叶落迟"的诗句。运笔潇洒娴熟，婉转流畅，字体抑扬顿挫恰到好处，与北宋著名书法家蔡襄的行书字帖《自书诗》，难分伯仲。

宋徽宗赵佶风流倜傥，这位皇帝虽然政治上是位糊涂虫，以致后来丢掉江山，成了金国的俘虏，但他写字不含糊，用笔纤瘦，结字疏通，十分柔美，人称"瘦金体"。

香港收藏家杨永德先生捐赠给内地博物馆的一件白地黑花八角瓷枕，枕上题写有《点绛唇·莺踏花》词一阕，字体风格就似"瘦金体"，纤瘦雅致，风骨清奇，十分精妙。

元代赵孟頫是书坛巨匠，他的楷书遒劲健挺，字态浑穆，古朴凝重。

河北博物院收藏的一件白地黑花瓷枕，写有《喜春来》一词；河北磁县文保所的一件瓷枕，写有宋朝诗人杨大元的《登楼》一诗；前面提到的那件三面诗文瓷枕，前立面写有《山坡里羊》散曲……这些瓷枕上的字体都是同一风格，均有赵孟頫笔意，出规入矩，一丝不苟。

磁州窑瓷器上的题字，还有许多不属于哪个大家创造的形体，自成一格，但也是或者俊秀飘逸，或者刚健豪放，十分美观，堪做现代人的字帖，供人临摹。

如收藏于首都博物馆的一件白地黑花小口瓶，在瓶身上环腹竖写《寻神误入桃花岛》一诗，共28个字，行气贯通，气韵生动，称得上是书法精品。

一件私人收藏的白地黑花瓷坛，题有20字的《柳色黄金嫩》诗，字字劲挺，刚柔兼具，挥洒自如，很有力感。

峰峰矿区文保所收藏的白地褐花四系大瓶，写有《词寄山坡里羊》元曲，51个字，专家叶喆民先生评价："书法刚劲有力，颇有当世鲜于枢、冯子振的矫健豪宕之风。"

磁州窑的师傅们在瓷坯上写字，必须走笔迅疾，一挥而就。并且因为瓷坯是圆或方的立体，写字时不能伏腕书写，只能悬腕而题。再则他们写字是为生产，不是在搞书法创作。

因此，磁州窑瓷器上的字不可能像宣纸、丝帛上的字那样工整，却也造就了磁州窑瓷器上的字挥洒自如、气韵生动、笔墨豁达、淋漓酣畅的艺术特色。

再加上磁州窑是民窑，工匠们来自民间，写什么和怎样写自由度大，瓷器上的字恣肆洒脱、挥霍翻腾、不计工拙、殊无匠气，成为书坛上的一大奇观。

在中国古代，有书就有画。

苏轼曾说："诗不能尽，溢而为书，变而为画。"他与黄庭坚都认为，诗书画是一体，从精神内涵到创作方法，三者都如出一辙。

他们的认识有一定的道理。

磁州窑瓷器上的画具有浓郁的浪漫主义色彩。它们大都是写意水墨画，不求形似，但求神似，线条灵动，笔墨简约，却构思精巧，笔笔到位，极富意趣。让人们觉得它既是画，又是诗。

河北博物院收藏的一方金代瓷枕，枕上画有一个儿童，身穿短衫，手持钓竿，身子前倾，全神贯注地凝视着水中争食的三条小鱼。身旁的河岸上，有几丛静静的野草。

画面干净简洁，栩栩如生。

就那么几根勾勒形象的线条，让人觉得天地间所有的东西都凝固了，都在屏住呼吸看水中的小鱼。作画者没有多费笔墨，却抓住了特征，抓住了灵魂，表达效果简直神了。

磁县文保所收藏的一方瓷枕，金代产品，枕上画有一稚童，梳着刘海头，肩上扛一枝大荷叶，正回头招呼身后的鸭子。而那鸭子，正弓弯脖子，准备起跑。

端详这画，你会感到呼吸到了荷塘边那清新潮润的小风。

画者同样是只用了几根有弹性的线条，就那么寥寥几笔。

还有一方瓷枕，画有一个儿童的头上落了一只麻雀，另一个儿童跳起来，伸手要去捕捉。头上落鸟的孩子想动却不敢动，怕鸟飞走。

粗细不匀的几笔，把孩子们瞬间的表情、动作，表现得活灵活现，让人禁不住微笑起来。

磁州窑瓷器上表现孩子们生活的画面最多。钓鱼、斗鸟、蹴鞠、牧鸭、放牛、骑竹马、放风筝、扑蝴蝶……无不生动活泼，趣味横生。

在画师的腕下，水墨线条左盘右旋，仿佛活了，勾勾圈圈几下子，便画出了一个个天真烂漫、活泼可爱的儿童。而画面的处理，疏密争让，干净利落，艺术水平之高让人叹为观止。

磁州窑的瓷器画，肯定不是一人一时的作品，而是经过了千千万万人的提炼和完善。

磁州窑在瓷器上作画的画技，也肯定不是张家李家一户的创造，而是经过一代又一代人的摸索和实践。

应该说，磁州窑的绘画艺术是中华民族文化发展的结晶，是中华民族审美观的集中表现。

磁州窑绘画的题材十分广泛。人物画除了上面提到的儿童画，还有取材于民间传说、历史典故和戏剧人物的绘画作品。

河南省鹤壁市鹤煤博物馆收藏有一件名为"孟宗哭竹"的画枕。

画中孟宗面对顽石苍竹，跪地掩面痛哭。在他身后，竹笋正破土而出。

这件画枕表现的是民间传说中的二十四孝故事之一。

孟宗的母亲在寒冬患了重病，需要用竹笋配药医治。可在这个萧条冷落的季节怎么会有竹笋呢？孟宗想到母亲的慈爱抚育，抱竹痛哭不已。其孝心感天动地，于是出现了奇迹。

中华民族素有孝敬老人的美德，这幅瓷画宣扬的正是这种精神。

磁县文保所收藏有"赵抃入蜀"画枕。画中表现的是宋代清官赵抃去成都做官时，随身只带有一琴一鹤的典故。

画面上人物清爽严肃，一派正气。背景是古松、仙鹤、神龟、抱琴的童子，宛若仙境。

赵抃做官廉洁清正，不畏强权，在宋代被誉为"铁面御史"。

人民群众拥戴这样的人，认为这样的人有天地正气，是神仙转世。这幅画就很好地表现了这种认识。

河南博物院收藏的一方瓷枕，绘有"尧王访舜"的画面，歌颂了远古尧王求贤若渴、大公无私的高尚情操。

大英博物馆藏有一方"文姬归汉"画枕，表现的是三国时一代才女蔡文姬令人叹惋的坎坷遭际。

"僧稠解虎""八仙过海""伍子胥过昭关""陈桥兵变"等等，也是瓷枕画的题材。

而"柳毅传书""西游记""李逵负荆""武家坡"等戏剧故事，也被描绘得鲜活生动，让人在瓷枕上入梦前，遐想联翩。

磁州窑瓷器上还载有山水画以及美丽的牡丹、菊花、莲花、梅花等花卉。花卉装饰图案在磁州窑瓷器画中所占比例最大。

这些花卉生机勃发，仿佛比生长在土地上的生命力还强大。

这大约是磁州窑瓷匠画师都来自民间，就生活在大自然和民众之中，对自然界观察最多，而所画又经千百人的一再修改、充实，赋予了花卉世上罕见的旺盛生长基因的缘故。

自然，人民群众需要并且喜欢这种创造强大生命力的艺术。

林风眠先生是中国现代美术教育的奠基人。

他的国画创作以传统画法为主，结合西方对光线、投影、比例和解剖的认识，把水墨画的写意同水彩画、油画的写真和谐统一起来，推动了国画艺术的发展，为中国画的创作提高到新水平开辟了一条新路。

林先生的一生是孤独寂寞的，但也是不断探索、不断进取的。

他出生于广东梅县一个石匠家中，20岁时去法国勤工俭学，学习现代绘画技艺。

法兰西中部地区的第戎市，有一所国立美术专科学校。这所学校的校长杨西斯是一位著名的雕塑家，也是一位了不起的美术教育家。

在众多的学生中，他发现了勤奋好学、显露着艺术天赋的林风眠，认为这位来自遥远中国的弟子是可造之才。

于是，他推荐林风眠到巴黎，跟随当时名重一时的葛尔蒙教授学习油画。

不久之后，杨西斯到巴黎看望寄寓期许的学生，审阅了年轻人描摹的、自然主义浓郁的作品。教育家发怒了，觉得这样走下去会毁掉年轻人的灵气。

他直言不讳地告诫学生："你不要在这里学习的时间太长，否则你就变成学院派了。要做一个画家，不能只学绘画，还要学习美术门类中所有的技能：雕塑、木刻、陶瓷、工艺……"

"你们中国的艺术非常了不起，你应该到巴黎各大博物馆，尤其是东方博物馆、陶瓷博物馆去学习中国宝贵而优秀的艺术传统。"

恩师的话震动了年轻的学子，使他铭记了一生。从此，林风眠走出画室，流连于各大博物馆。

巴黎是世界艺术之都，博物馆中陈列着从中国或抢掠，或购买的古代青铜器、卷轴画、木版画、陶瓷器以及各种工艺美术品，琳琅满目，美不胜收。

在这儿，有天赋的画家第一次领略了磁州窑的神韵。

他明白了恩师指点的含义。

绘画，说到底就是用线条和色块去表达画者对世界的观察。能够用最简约的色块和洗练的线条，表达出世界的生动和壮观，引发读者的共鸣，这就是艺术。

磁州窑瓷器的装饰技法很丰富，但色彩很简单，大多只是黑白两色。在瓷器上绘画的线条也非常节省，通常只是寥寥几笔。

但磁州窑的画师就利用这黑白两色、寥寥几笔，表达了对世界的观察，并且做到了引发观者共鸣，让观者感受到了世界的生动和壮观，这是了不起的绘画技艺。

林风眠也看到，在西方，许多艺术家都喜欢磁州窑瓷器上的装饰与绘画。

他们从磁州窑运用最少的笔墨，达到了很好的艺术表现效果中受到启发，在创作中注意借鉴东方的传统艺术。日本艺术家尤其喜爱磁州窑艺术，一位评论家说：磁州窑装饰是真正的艺术。

林风眠回国后出任国立北平艺术专科学校的校长，以深厚的美术素养和前瞻性的目光，开始了融中西画法于一炉的大胆探索。

他亲自登门恳请非科班出身的民间木工画师齐白石到艺

专任教，与他共同研究中国画改革之路。

在因袭守旧风气十分浓厚的中国画坛，在十分看重门第出身的中国教育界，年轻校长的作为引起了不小的轰动。

全面抗战开始后，画家颠沛流离，生活动荡。

这使他一方面有机会目睹山河破碎、人民遭际的巨大痛苦，激发出更加强烈的社会责任感；另一方面，也深刻体会到，油画创作周期长，用材难觅，不如水墨画表达的感受来得及时、来得快。

他的水墨画创作多起来，并且渐渐形成了清晰的风格。

新中国成立后，画家定居上海，进行专职创作。他如饥似渴地从传统艺术中汲取营养。

他说："我非常喜欢中国民间的东西……我碰上花纹就很注意。我画中的线，吸收了民间的东西，也借鉴和吸收了定窑、磁州窑瓷器上古朴、流利的线条。"

他曾对好朋友钱君匋说："我小时候非常喜欢瓷器的色调和纹饰，从中吸取养料作画。我去法国学画并没有成功。许多养料，许多技术，其实主要是从中国古代的壁画、器具、石刻、瓷器，特别是古瓷等传统艺术上得来的。"

磁州窑瓷器上的写意水墨画产生自宋代，在生产活动中发展得更加简约、生动，反过来又影响了一代代画师。

磁州窑瓷器上那简单却富有表现力的色块，立体的线条寥寥却灵动、逼真地描绘出物体的形象，成了画家们揣摩、吸取营养的画谱。

林风眠在接受记者采访时说："我重视颜色，也重视用线，我画的《双雏》不就是用了瓷器上的线条吗？"

董希文是林风眠的学生，他也从磁州窑装饰图案中获取过不少创作技法。

董先生擅长油画创作，但老师对中国民族艺术的酷爱对他影响很大。他广泛涉猎金石、书画、陶瓷、民间艺术等，汲取古老的民族文化乳汁，具备了丰厚的艺术素养。

在油画创作中，他把传统艺术表现形式和西洋画法相结合，形成了刚健、洒脱、极富装饰风味的绘画风格。

董先生创作的油画《开国大典》，是一幅尽人皆知的不朽作品。

1949年10月1日，受尽磨难的中国人民站起来了，伟大的中华人民共和国成立了！

董希文亲身经历了人类历史上这一具有重大意义的日子，目睹了中华民族欢庆自己节日时的恢宏壮丽场面，心情久久平静不下来。

此时的他35岁，正是画技成熟、创作欲望旺盛的时候。

经过长久酝酿，1952年初，他创作的史诗般的大型油画《开国大典》，抬下了画架。

《开国大典》画面开阔，气势磅礴，富丽堂皇，蔚为壮观，显示了泱泱大国的沉稳气派和万众欢腾的喜庆气氛。

画面以天安门城楼为主体，蓝天丽日，红旗招展。毛泽东主席站在天安门城楼的红地毯上，向全世界庄严宣告了新中国的诞生。

沸腾的广场，如潮的人群，聆听着毛主席响彻天地、久久回荡的声音。毛主席身后，站立着为新中国的建立作出过巨大贡献的领袖人物：朱德、刘少奇、周恩来、宋庆龄、董必武、张澜等。

城楼上的红灯笼、红立柱、红地毯，与城楼下飘扬的红旗相互呼应；高悬的金色灯穗、盛开的菊花盆景，和地毯上的菊花图案交相辉映。

作品洋溢出鲜明的民族特色和热烈的节日气氛，很好地再现了1949年10月1日伟大的历史一刻，成为中国现代美术史上纪念碑式的经典作品。

毛泽东、朱德、刘少奇、周恩来、董必武等领导人集体观赏这幅画后，接见了董希文，给予了很高的评价。

毛泽东主席高兴地说："一看就是中国，一看就是大国。""我们的油画拿到国际间去，别人是比不过我们的，因为我们有独特的民族形式。"

毛泽东主席"指点江山，激扬文字"，不仅文韬武略举世罕见，而且文学艺术修养很深，对董希文的画一语评到了点子上。

的确，《开国大典》从整体构图和画面效果上吸取了敦煌壁画的表现形式，而城楼上盛开的菊花和红地毯上的菊花图案，则直接取法于磁州窑的装饰。

画家在设计画面时，将国家领导人集中于画面左侧，右侧摆放着一盆盆花团锦簇的菊花。

这一方面显示开国大典的时间是金秋十月，另一方面使画面保持平衡。而盛开的菊花，使得以大红和蔚蓝为主的画面呈现出红、黄、蓝相间的效果，色彩绚丽，更加壮观。

另外，画家摆放这么多迎风怒放的菊花，还具有象征意义。董希文在介绍这部作品的创作过程时说："我特意在前景上安排一排盛开的菊花。菊花是傲寒的，象征着中国人民的骨气。"

菊花在这幅经典作品中的重大作用，一般人是想象不出的。

董希文为画好菊花进行了精心准备。他花了大量时间，临摹磁州窑瓷器上的菊花图案。

这些图案是磁州窑画师们以写真手法创作的。他们在长期的画菊实践中，还总结出画菊写真的经验："正画反看，反画正看"，这样画出的菊花才枝繁叶茂，生气勃勃。

磁州窑刚健有力、奔放洒脱的绘画技法，也确实很适宜表现菊花这种花卉的品格。

董希文具有深厚的绘画素养，特别是打好了民族传统作画的基础，他很快得到了磁州窑画菊的真传，并且捕捉到创作灵感。

这使《开国大典》中的菊花栩栩如生，很好地起到了深化主题的作用。

油画《开国大典》名闻遐迩，国内外美术界都被它庞大的气势、周密的构图、中西合璧的画风所震撼，赞誉声声，好评如潮。

磁州窑的瓷器"画谱"，对现代中国的其他画家也产生过很大影响。

20世纪20年代后期，画家、实业家张光宇、张正宇兄弟名震上海滩。

他们热心于漫画创作，创办了《三日画报》杂志，组织了一个名叫"漫画会"的漫画创作团体，不断举行画展。

他们还对叶浅予先生创办的《上海漫画》和鲁少飞先生主编的《时代漫画》，给予了资助和支持。

张氏兄弟绘画基础坚实。他们没有读过美术院校，却在不断的绘画实践中"摸爬滚打"，练出了一身本领。

兄弟俩曾经在南海兄弟烟草公司从事烟盒图案设计，得到张聿光的传授。

烟盒图案设计是以大众化、通俗化为主旨的，这成了他们一贯的创作风格。他们欣赏中国民间传统艺术，从木刻、剪纸、京剧和陈老莲的画中，受到多方面的熏陶。

河北巨鹿故城遗址的发掘，掀起了国际性的磁州窑研究热，不仅让世人知道了中国有一个历史悠久、规模巨大的民间窑场，许多传世的精美瓷器从此能够"认祖归宗"，并且，也使许多艺术家注意到磁州窑瓷器上承载的，是不朽的艺术，开始下功夫临摹、学习。

本来就有传统民族艺术素养，形成了民众化、通俗化风格的张家兄弟，更是与磁州窑艺术相见恨晚。

兄弟俩，特别是长兄张光宇，不放过任何一张看到的磁州窑瓷器画图片，认真揣摩上面的装饰绘画和技巧，并且将其运用到自己的绘画中。

张氏兄弟的喜好和风格，熏染了"漫画会"的画家们。磁州窑装饰味儿的创作风格，成了"漫画会"创作中的主流，在江、浙、沪地区形成很大影响。

以画驴而著名的大画家黄胄，祖籍河北，对河北土地上产生的名窑如定窑、磁州窑艺术，理解颇深，并且深受影响。

他的绘画以速写居多，一生中的速写作品有数万张。这些速写作品以豪放、有力却又灵动的线条表现人物、动物和器物的形象，准确、生动，洋溢着阳刚之气。

他的线条是通过揣摩、临摹大量的古代绘画、瓷器画而得来的。他喜爱磁州窑艺术，就是在他蜚声中国画坛以后也是这样。

1981年，黄胄先生在筹备炎黄艺术馆的繁忙工作之余，来到了彭城。在这儿，他竟然一住半个多月。

他参观磁州窑瓷器作品，如饥似渴地揣摩和临摹绘画技法，并且试着运用磁州窑绘画技法创作。

他用白地黑花技法在瓷盘上创作了新疆人物画，那鱼、草、鸟等纹饰，线条生动，质朴感人。

1987年，文物工作者发掘磁州窑观台窑场遗址，出土了许多图案精美的残瓷片。黄胄先生得知后，想收藏几片作为临摹的"画谱"。得到后如获至宝，爱不释手，珍藏在画室里，有空就观赏、玩味。

1993年，在黄胄先生创办的北京炎黄艺术馆举办了"河北邢窑、定窑、磁州窑瓷艺特展"。时任国家主席江泽民和美籍华人、诺贝尔奖获得者李政道博士等，参观了这个传统艺术气息浓郁的展览。

罗工柳教授是中央美术学院的副院长，著名美术家，人民币图案的主要设计者，著作煌煌，才华横溢。

他曾以优秀的木刻作品闻名，后来又以油画创作为主，把西方的写实技巧和中国画的写意结合起来，实现了艺术形式民族化的追求。

1969年，他和著名油画《开国大典》的作者董希文、著名油画《刘少奇与安源矿工》的作者侯一民以及吴作人、靳尚谊等美术界名家一起，被下放到磁县农场劳动。

在这儿，他们有机会到磁县文保所参观该所收藏的磁州窑古代瓷器。

"会看的看门道，不会看的看热闹"，那生动的构图、简洁奔放的笔墨和潇洒自由的写意手法，让这些行家里手叹为观止。

他们觉得，这儿简直是一座不可多得的艺术宝库。

改革开放以后，罗工柳和侯一民教授不辞辛苦，一趟趟地到磁州窑的故乡参观、访问、采风，汲取艺术营养。

1979年，侯一民教授和郑可、袁运甫等美术家，在彭城为首都国际机场设计创制了大型花釉陶瓷壁画《科学的春天》《民间狮舞》，客观上为磁州窑的发展作出了贡献。

磁州窑像蕴藏着丰富宝藏的洞窟，瑰丽、深邃，吸引着众多的艺术家、画家来探宝、挖掘。彭城的瓷渣堆上，也印上了越来越多的青年画家、艺术家的足迹。

韩美林先生是新中国第二代画家中的佼佼者。他1960年从中央美术学院毕业，擅长以国画形式画各种小动物，造型夸张却又笔法简练，形体有变却又极为神似，意趣横生，十分讨人喜爱。

1980年，韩美林应邀到美国举办个人画展。画展很成功，但画展举行中恰逢美国正在开"中国磁州窑系学术研讨会"，然而该会没有中国学者参加，这是个很遗憾的事情。

于是，美国朋友向韩美林请教有关磁州窑的问题。这让韩美林很尴尬。他听说过磁州窑，但却没有到过连美国人也在研讨的邯郸彭城，对古老的磁州窑瓷器技艺知道得不多，不能满足美国朋友的要求。

韩美林深深自责，回国后，于次年5月专程到这个北方瓷都参观、学习、创作。

在这里，他流连了3个多月，收获十分丰硕。

简约的色块，灵动的线条，洒脱的写意技法，给画家留下了难以磨灭的印象。他后来的作品中的形象也更加出神入化，幽默可人。

他积累了厚厚一大本创作素材，在浓厚的磁州窑传统艺术氛围中，创作了百余个陶瓷雕塑作品。

有一件双豹鱼缸，是画家的得意之作。这个鱼缸呈矮腰鼓形，缸壁上趴着两只美洲豹。豹子争相把头探向鱼缸中，神色专注，仿佛缸中真有鱼儿在游动。

这个造型夸张又逼真，动感十足，深得磁州窑技法的精髓，很是逗人喜爱。

著名漫画家华君武老先生，看过韩美林带回的作品，激动不已，连连称赞："这才是真正的艺术！这才称得起磁州窑的新的第一流作品……"

磁州窑，伟大的窑，它为中华民族吃饭、喝水提供了多少瓷器，为炎黄子孙提高书法、绘画水平，作出了多少贡献呵！

自鸦片战争以来，欧、美、日等发达国家凭借先进的科技水平和强大的工业实力，始终占据着陶瓷产品输出国的地位，在国际市场上占有相当大的市场份额。

但是现在，这种情况发生了改变。

高岭土等陶瓷生产原料属于不可再生资源，由于人类大规模的开采，已经越来越少了。

一些国家的优质高岭土矿已近枯竭，不得不依靠进口。发达国家的劳动力价格高企，而陶瓷行业同纺织行业一样，属于劳动密集型行业，生产用人工较多。

出于最充分地利用陶瓷原料，减少生产成本，赚取更多利润的考虑，许多发达国家已经停止了陶瓷器的生产，转而出口设备和技术。有一些则转向生产高价格、高利润的高档瓷器。

这样，就等于让出了部分中低档瓷器市场。

磁州窑自古以来就以大规模生产价格低廉的日用陶瓷器出名。彭城一带的瓷土矿杂质多，但储量丰富，正好可以利用这个时机，扩大出口。

当然，产品必须要达到国际市场的质量标准和花色要求。磁州窑不缺乏技术、智力资源，同时又拥有传统的装饰技法，只要努力，完全可以达到国际市场要求的标准。

除此之外，磁州窑还可以扩大工艺美术瓷器的出口。

随着人类生产力的进步，整个世界的生活水平日益提高，人们对美、对艺术的欣赏水平和追求也越来

越高，对建筑、装饰、陈设、工艺美术瓷器的需求，也会越来越大。

磁州窑传统的黑白绘花、刻剔浮雕装饰的瓷器，特别是仿宋金时代的梅瓶、坛、罐、碗、壶等，每一件都是很有欣赏价值的工艺品，在日本、东南亚、西亚以及欧美，都有市场。

而磁州窑琉璃砖、瓦、建筑饰件，新中国成立后研制开发的陶瓷壁画、花釉陈设瓷器、动物造型瓷器、古典人物造型瓷器，也很受人们欢迎。

在国内市场上，现代磁州窑面临的发展机遇也不少。

品牌是市场上的通行证，如能发挥品牌优势，不断提高产品质量，加大品牌宣传力度，做好售后服务，就完全可以在高档日用瓷市场上巩固和扩大市场份额。

应该看到的是，随着人民生活水平的提高，中国陶瓷市场上的高档日用瓷器销量在不断增加。而在不断扩大的高档日用瓷器市场上，至今还没有哪一个品牌成为像白酒、羽绒服、鞋类市场上那样的压倒一切的名牌。

这就是机遇。这就是发展空间。

高档日用瓷器的市场主要在城市，特别是在中型以上的城市，但这不是中国最大的瓷器市场。中国瓷器的最大消费群体，是农民。

占中国人口大多数的农民，在改革开放以后生活水平也有了普遍提高。但由于农业现代化进程缓慢，农业生产的效率提高得不快，农民的收入还较低。因此，物美价廉仍是农民群体在购物时遵循的首要指导原则。

磁州窑自古以来就是民窑，产品以占人口大多数的民众为销售对象，而磁州窑所在地区的原料也适合生产物美价廉的瓷器。

因此，完全可以大力发扬古磁州窑传统，开拓农村和乡镇市场。在今天的中国陶瓷行业中，现代磁州窑这样做，恐怕没有多少旗鼓相当的竞争对手。

当然，今天的中国农民眼界和文化欣赏能力，是古代的民众所不能比拟的，粗瓷大碗恐怕必须退出消费市场。开发农村、乡镇市场，只追求产品价廉，不注意产品"物美"，大约也很难受到农民兄弟的欢迎。

前面说过，科学家断言，未来的时代是硅酸盐时代。

事实上，由于陶瓷器具有耐腐蚀、耐高温、坚硬、光洁、易成型、价格低廉等特性，现代工业生产中早已开始扩大应用规模。

化学工业接触酸碱及其他侵蚀性气液体的容器、管道、泵或压气机的部件，使用陶瓷制品已是司空见惯。

电气工业使用陶瓷做绝缘体，纺织工业利用瓷器的光洁耐磨做纺织机上的零件，机械制造工业使用陶瓷做切削金属的车刀等刀具，金属冶炼工业利用陶瓷的耐高温和化学性能稳定等特点做坩埚、做冶炼炉内炉衬，航天飞机和火箭、导弹用陶瓷做烧蚀涂层或隔热瓦，坦克或士兵防护用陶瓷做防弹衣等等，也都不再是新闻。

据报道，美国、日本、欧洲等发达国家为提高喷气发动机的功率，减少自体重量，广泛使用陶瓷复合材料。

美国普拉特·惠特尼公司的普雷沃先生说："粗略估计，性能改进的70%将来自新材料。""你将看到超级合金大量被陶瓷基质的碳—碳材料所取代。""它们具有更好的耐高温性能和较轻的重量。"

不仅飞机的发动机，汽车、拖拉机、轮船用的汽油、柴油内燃机和燃气轮机也使用陶瓷材料做零部件，以提高燃烧温度，增加功率和热效率。

日本汽车企业研制的、汽油柴油两用型绝热复合涡轮发动机使用陶瓷材料后，重量减轻三分之一。而把新机器的余热也加以利用后，热效率高达50%。

在高科技领域，人们研制应用广泛的压电陶瓷，在航天、钻探、潜水艇、超声波、遥控、精密测量等领域都成了必不可少的仪器零件。

而利用一些陶瓷材料在电压变化时透明度也发生变化的特性制成的光学开关，在光纤通信和计算机技术中都获得应用。

一些稀土氧化物陶瓷，在低温下具有超导性，这无疑对超导技术的发展具有重要意义。

在日常生活领域，人们也在开发陶瓷材料。

现在已研制成功陶瓷刮脸刀片、陶瓷菜刀、陶瓷圆珠笔尖、陶瓷高级表壳、陶瓷纤维服装、压电陶瓷打火机等等。

陶瓷刮脸刀片不生锈，锋利，寿命比优质钢刀片长15倍。而用陶瓷纤维制成的服装，人体穿着舒适，有益健康。

据估计，世界工业用陶瓷和高科技领域用陶瓷，目前的需求量每年以10%的速度增长。其中工业用陶瓷，需求量年增长率更高达14%以上，陶瓷涂层需求量年增长量达12%。

利用纳米技术制造的纳米粉体、陶瓷复合材料以及其他复合材料，2000年时的市场总量已达5457亿美元。

日本大财阀土光敏夫曾得意地夸耀："我们日本没有天然资源，没有军事力量，只有一项资源：人脑的发明能力。它没有限制，在不久的将来，这种心智能力将给全人类创造共同的财富。"

日本在工业陶瓷和特种陶瓷的开发、应用方面长期位于世界前列。美国的电子陶瓷市场，大部分被控制在日本企业手中，20%~30%的陶瓷电容器、陶瓷磁体、压电陶瓷等器件都是从日本进口的。

磁州窑人具有的头脑发明能力，并不比日本人差，并且有着优越的天然资源和悠久的陶瓷生产历史，只要现代磁州窑人在工业陶瓷和特种陶瓷的开发研制上下功夫，赶上去，那么就能在飞速增长的世界市场需求中分得一杯羹。

磁州窑不倒，磁州窑的窑火还要熊熊燃烧下去。

在封建社会中，由于磁州窑的民窑身份，没有哪朝哪代的统治者真正关心过它。今天不同了，磁州窑是人民的磁州窑，代表人民利益的中国共产党，人民当家做主的国家政府，不可能不关心它。

前面已经说过，由于党和政府的重视，彭城陶瓷产业在新中国成立后奇迹般地迅速恢复了生产，很快达到了民国最鼎盛时期的规模。

接着，又是改进设备、进行现代化武装；又是扩大生产能力、建设一个又一个的瓷厂，创造了8000多年来从未有过的辉煌。

磁州窑窑火继续燃烧，磁州窑不倒，还因为这是人民群众的强烈意愿。

采访中，我时时感受到这个强烈意愿。

彭城一带的居民，世世代代以陶瓷生产为业。"彭城街，五大怪：汉们帽子娘们戴，八棱磙子两驴拽，笼盔墙，口朝外，灰渣堆到天门外，窑作合使旱烟袋。""一方水土养一方人"，在一个地区能形成这样的"五大怪"民风习俗、风景奇观，可见这个地区悠远的、特殊的文化传统。

陶瓷，已经成了当地人生命的一部分。

新中国成立以来，党和国家保护磁州窑，发展现代陶瓷生产，峰峰矿区的人民都铭记在心。而陶瓷产业的迅速发展，让古老磁州窑人的后代又欢欣鼓舞，对社会主义事业必定胜利信心十足。

半个多世纪来，家家户户都参加国有企业的工作，有的一家几代都是同一个企业的员工。他们的利益和生活，同国有企业的命运休戚相关。

他们热爱这方水土，热爱陶瓷充满艺术乐趣的生产和劳作。他们强烈盼望邯郸的陶瓷产业能够尽快复兴起来。

有一对老夫妻，利用微薄的退休金到处购买传统的陶瓷生产工具，自己筹资建立了磁州窑博物馆，让磁州窑文化世代传承下去。

许许多多的生产骨干，面对经济富裕地区陶瓷公司的高薪聘请不为所动，固执地守护在彭城的企业中。

古陶瓷专家日文翻译水平不错，本可以到北京、深圳找一份收入丰厚的工作，但他说他不能离开这块热土，他还要搞研究……

现在磁州窑人的愿景是雄伟的，是一定能实现的。因为这个愿景是合理的、正当的。

它上应天时，下得地利，中有党和国家的支持、领导，只要努力，没有理由不实现。

现代磁州窑人也是有信心的，我采访的朋友们已经表明了这一点。他们的态度，应该代表着全体现代磁州窑人的意愿。

信心，是人们战胜困难最有力的保障！

张汀教授振臂高呼的祝词不会落空的，为中国和世界陶瓷发展、为全人类文明进步作出过卓越贡献的磁州窑，窑火已经燃烧了8000多个春秋，肯定会继续燃烧下去，会燃烧一万年的！

几千年前
老祖宗点起一团圣火
岁月悠悠
或明亮或昏暗
它总是顽强地
烧着

前辈人去了
火种传给了我们
为了这圣火明亮
我们吃过的苦
比鼓山上的石头还多
我们洒下的汗水
流成了滔滔东去的滏阳河

圣火没有熄灭
跳跃着
辉煌着
我们却含着笑
哭了

还会有风雪呵
这圣火
必须着下去
亮得
能照遍全地球
为祖祖辈辈的理想
我们愿把生命
变做柴禾
万岁，磁州窑